Friedrich Adolf Trendelenburg

Erläuterungen zu den Elementen der aristotelischen Logik

Friedrich Adolf Trendelenburg

Erläuterungen zu den Elementen der aristotelischen Logik

ISBN/EAN: 9783742893369

Hergestellt in Europa, USA, Kanada, Australien, Japan

Cover: Foto ©Andreas Hilbeck / pixelio.de

Manufactured and distributed by brebook publishing software
(www.brebook.com)

Friedrich Adolf Trendelenburg

Erläuterungen zu den Elementen der aristotelischen Logik

Erläuterungen

zu den

Elementen der aristotelischen Logik.

Zunächst für den Unterricht in Gymnasien.

Von

Adolf Trendelenburg.

Zweite vermehrte Auflage.

Berlin.

Verlag von G. Bethge.

1861.

fruchtbar, sondern auch schädlich ist." Es ist unmöglich, dies Wort heute so auszuführen, wie vor dreihundert Jahren, da sich die Weltgeschichte noch selbst beschränkte und beschied, da noch durch die Kirche das Lateinische die Weltsprache war, da es noch keine Naturwissenschaften gab, die, unabsehlich wachsend und sich immer mehr mit dem praktischen Leben verflechtend, das eigenthümlichste Erzeug= niß der neuern Zeit sind. Aber wir müssen, wenn wir die Bildung nicht in zerfallender Vielheit, sondern in der Ein= heit des Ganzen wollen, zu jenem Worte Luthers immer wieder zurückkehren, und der drohenden Ausdehnung gegen= über eine Sammlung der Kraft in den Mittelpunkten versuchen, von welchen her der Geist über die Weite von selbst Herr wird. Es fragt sich ob der vorbereitende phi= losophische Unterricht dahin gehört. Luther zog ihn hinein.

Melanchthon legte selbst Hand ans Werk und schrieb seine elementa rhetorices und erotemata dialectices, die sogar in katholische Schulen einbrangen. Die zu München im J. 1569 erschienene Schulordnung verbot ausdrücklich: „Melanchthons und der Protestanten Grammatica, Dialec= tica, Rhetorica, Physica und was des Dings mehr, so bisher in den Schulen umgezogen worden."

Noch im vorigen Jahrhundert waren die bedeutend= sten Philologen und Schulmänner, wie Facciolati, Geßner, Ernesti, Wyttenbach, für den in die Philosophie einlei= tenden Unterricht thätig.

Aber mit der Umbildung, welche die Philosophie in Kant erfuhr, mit den wechselnden Phasen der folgenden Systeme schien der alte Gang nicht mehr zu genügen, und ein neuer fand keine feste und bleibende Anerkennung. Da wollten viele Gymnasten den schwankend gewordenen Bo= den nicht mehr betreten und lieber die Philosophie, die mit

Vorwort zur ersten Auflage.

In den letzten Jahrzehnden ist die Zweckmäßigkeit des vorbereitenden philosophischen Unterrichts auf den Gymnasien wiederholt in Frage gestellt worden.

Betrachtet man zuerst seine Geschichte, so ist er in den gelehrten Schulen so alt als sie selbst sind. Die Reformatoren, deren weise Umsicht noch heute in der Einrichtung unserer Gymnasien fortwirkt, forderten ihn ausdrücklich. Luther sah den logischen Unterricht als eine Vollendung des grammatischen an. In diesem Sinne schreibt er: „Darnach, so die Knaben in der Grammatica genugsam geübet, soll man dieselbe Stunde zu der Dialectica und Rhetorica gebrauchen." Die ganze Schrift: „Unterricht der Visitatoren"*) ist noch immer sehr zu beherzigen. Sie zeigt uns in Luthers Geist die einfache Grundgestalt unserer protestantischen Gymnasien und offenbart Luthers tiefen und erfahrenen Blick. Bei dem vielverzweigten, allen möglichen Seiten der Welt zugekehrten Unterricht unserer Tage mahnt uns ernst Luthers immer wiederkehrendes Wort, der Grundtext dieses Entwurfs: „die armen Kinder mit solcher Mannigfaltigkeit nicht zu beschweren, die nicht allein un-

---

*) „Unterricht der Visitatoren im Kurfürstenthum zu Sachsen" 1528, und „Unterricht der Visitatoren an die Pfarrherrn in Herzog Heinrichs zu Sachsen Fürstenthum, gleicher Form der Visitation im Kurfürstenthum gestellet" 1539. In dieser letzten Schrift hat Luther „etliche Stücke" der ersten „weggethan und geändert". Bei Walch X. S. 1969. ff. vergl. §. 136. Die Frage, welchen Antheil Melanchthon an dieser Anweisung und Einrichtung hatte, mag hier auf sich beruhen. Auf jeden Fall reden die Reformatoren in dieser Schrift.

dem eigentlichen Gebiete der Gymnasien in keinem nähern Zusammenhang stehe, ganz der Universität zuweisen. Sie freuten sich auf solche Weise aus der zunehmenden und immer bedenklicher werdenden Masse der Gegenstände wenig=stens eines los und lebig zu werden, und zwar eines solchen Gegenstandes, für welchen der rechte Lehrer so schwer zu finden sei. Allerdings wurde in den preußischen Gymnasien durch höhere Anordnung der propädeutische Unterricht in der Philosophie festgehalten. Aber er gedeiht nicht allenthalben und selbst auf solchen Gymnasien, die mit Recht als Muster gelten, wird er ungern gesehen und karg behandelt, indem namentlich die ihm in Prima zuge=wiesenen wöchentlichen zwei Stunden häufig in das mög=lich kleinste und dadurch ohnmächtige Maß einer einzigen verwandelt werden. Wo das geschieht, schadet man mehr als man nützt, und man verdirbt nur den Geschmack an philosophischen Studien, statt ihn zu reizen. Das Halbe ist in diesen Dingen um so gefährlicher, weil die Philo=sophie gerade lehren soll, alles aus dem Ganzen zu be=trachten. In einer solchen Zerstückelung kann dieser Grund=zug auch nicht einmal durchblicken. Es wäre besser, diesen Zweig des Unterrichts, wie auf vielen deutschen Gymnasien geschieht, offen aufzugeben, als scheinbar zu treiben und da=durch in der That zu untergraben. Es wäre zu wünschen, daß dazu, wenn man es nicht besser machen will, nöthigen=falls die Regierung die Erlaubniß ertheilte. Weil der philo=sophische Unterricht in die höchste Entwickelung der Wissen=schaft hineinweist, so muß ihm da, wo der Blick in diese Re=gionen dem jugendlichen Geist zuerst begegnet, Würde und Kraft gegeben werden. Wenn man dies nicht vermag oder wenn die Sache den gebundenen Kreis des Gymnasiums über=schreiten sollte: so stehe man vom Halben und Fremden ab.

Es ist wahr, daß die bewegte und in den mannigfal=
tigsten Richtungen des Geistes wachsende Zeit von den Gym=
nasien alles Mögliche fordert und daß vieles die Gymnasien
nicht mehr ablehnen können, wenn sie nicht hinter der Ent=
wickelung zurückbleiben wollen. In demselben Maße, als
sich die Ansprüche vermehren, wird die Pflicht dringender,
die Grenzen strenge zu ziehen und was nicht hineingehört,
zu bannen. Ist denn der Ausschluß der philosophischen
Vorbereitung eine ähnliche Nothwehr? Wenn in ihr nur
etwas Neues angefangen wird und nicht vielmehr die alten
Gegenstände vollendet und tiefer erkannt werden, wenn sie
nur als ein fremder Gegenstand zu fremden hinzukommt:
so ist die Abweisung berechtigt. Den Verfasser hat daher
in den Elementen der aristotelischen Logik*) der Gesichts=
punkt geleitet, den propädeutischen Unterricht der Philosophie
an das Gebiet des Gymnasiums aufs Engste anzuschließen

Mit den eigenen Worten des Aristoteles sind die Um=
risse der wichtigsten logischen Sätze gegeben und zu dem
Ende einfache und prägnante Stellen zusammengereiht.
Wenn die Erklärung und Ausführung derselben als philo=
sophische Vorbildung genügt, so befriedigt sie das philoso=
phische Bedürfniß auf dem Boden des griechischen Alter=
thums und gleichsam auf dem eigensten Gebiete der Gym=
nasien und arbeitet im Sinne jener Concentration der
Lehrgegenstände.

Aristoteles Logik ist nicht veraltet. Kant sprach in
der Vorrede zur zweiten Auflage der Kritik der reinen
Vernunft das bekannte Wort aus: seit Aristoteles habe

---

*) Elementa logices Aristoteleae. In usum scholarum ex Aristo-
tele excerpsit convertit illustravit F. A. Trendelenburg. Editio
quarta retractatior. Berolini, sumtibus Gustavi Bethge. 1852.

die Logik keinen Schritt rückwärts thun dürfen und auch
bis jetzt keinen Schritt vorwärts thun können. Allem An=
sehen nach scheine sie in ihm geschlossen und vollendet zu
sein. Wir haben an einem andern Orte gezeigt*), daß
dieses ruhmvolle Zeugniß Kants noch hinter Aristoteles
logischer That zurückbleibt. Denn die formale Logik, die
Logik Kants, hat gegen Aristoteles Rückschritte gethan,
indem sie — was Aristoteles in seinem großen Sinne nie
wollte — die Formen des Denkens von allem Bezug
auf den Gegenstand, in welchen das Denken eindringt,
isolirte und für sich betrachten zu können meinte, aber dadurch
dem realen Charakter der aristotelischen Logik Eintrag that.
Wir haben ihn herzustellen versucht und dadurch Aristoteles
den objektiven Forderungen der neuern Zeit näher gerückt.

Aristoteles Logik ist so wenig veraltet, als Euklides
Geometrie oder andere wissenschaftliche Entdeckungen der
schöpferischen Griechen. Der pythagoreische Lehrsatz wirkt
heute in der Trigonometrie und in der Analysis große
Beziehungen und vermittelt mathematische Fortschritte,
welche die Alten nicht ahneten. Ellipsen und Parabeln, im
Geiste des Archimedes ein freies Spiel des mathematischen
Verstandes, besitzen heute in Bahnen der Gestirne, in Wurf=
linien, in optischen Erscheinungen u. s. w. ein großes
Gebiet der Herrschaft, das den Alten noch ein unbekanntes
Land war. Das archimedische Gesetz des Hebels wird
heute in tausend Maschinen angewandt und tritt mit
mechanischen Zwecken und Massen in Zusammenhang,
welche alle den Alten fern lagen und dem Reichthum der
neuern Erfindungen angehören. Die Hand, welche Aristo=
teles und Galen als das Werkzeug der Werkzeuge untersuch=

---

*) Logische Untersuchungen I. S. 18. ff.

ten, faßt und handhabt heute auch solche Werkzeuge und
übt demgemäß auch solche Bewegungen, welche das Leben
der Alten nicht forderte. Aber der pythagoreische Lehrsatz
und die Eigenschaften der Kegelschnitte und die Gesetze des
Hebels und die Gründe der geschickten Hand sind dieselben
geblieben und sie haben in den neuen und großen Bezügen,
welche die Anwendung ihnen gab, ihre bleibende Bedeu=
tung und ihre durchgehende Kraft bewährt; sie selbst sind
jung geblieben, wie an dem Tage, da sie zuerst den Geist
ihrer großen Entdecker überraschten und sie sind durch die
unendlichen Verschlingungen der Anwendung nur immer
mächtiger geworden. In demselben Sinne sind Aristoteles
logische Gesetze unveraltet. Die Gegenstände der Wissen=
schaften haben sich unendlich vermehrt; neue Seiten der
Welt sind aufgeschlossen; die Methoden schmiegen sich mit
bewundernswürdiger Kunst ihrem Objecte an, um es desto
inniger zu fassen und desto sicherer zu halten. Aber dessen=
ungeachtet herschen in diesen neuen Bezügen und Verket=
tungen dieselben logischen Gesetze und sie ziehen sich als
der rothe Faden durch das bunteste Gewebe der Wissen=
schaften unauflöslich hindurch. Man hat dies nur darum
verkannt, weil man es versäumte, die logischen Grund=
begriffe aus der einsamen Abstraction ihrer philosophischen
Geburtsstätte mitten in den Schauplatz ihrer Thätigkeit,
in das concrete Leben der Wissenschaften zu verfolgen.

In der Schule schlägt jede der vielen Disciplinen
für sich ihren Weg ein, die Grammatik und die Mathe=
matik, die Physik und die Geschichte, und sie gehen in
eine Vielheit der Gebiete auseinander, die kaum etwas
unter sich zu theilen scheinen. Plato faßte schon zu einer
Zeit, da die Wissenschaften, in ihren Anfängen begriffen,
sich in ihrer Einheit noch selbst zusammenhielten, die Gefahr

in's Auge, die die zerstreute Menge der Kenntnisse dem
Geiste droht. Nachdem er die Gegenstände des frühern
Unterrichts vorgeschrieben hat, giebt er einfach und bestimmt
den Gedanken an, der uns noch heute in der philosophi=
schen Vorbereitung vorschweben muß*). „Nach dieser Zeit",
schreibt er, „vom zwanzigsten Jahre an sollen die vorzüg=
lichsten Jünglinge größere Ehren als die andern genießen
und die Kenntnisse, die die Knaben während der Ausbildung
zerstreuet empfingen, soll man ihnen zu einer Uebersicht
der Verwandtschaft sowol der Wissenschaften unter
einander als auch mit der Natur des Seienden zusammen=
führen. Nur ein solches Lernen wird dauernd sein und zu=
gleich ist es die größte Probe der Köpfe. Wer zur Uebersicht
geschickt ist, ist eine philosophische Natur". Soweit die Ver=
wandtschaft in dem gemeinschaftlichen logischen Verfahren
beruht, wird der logische Unterricht die geforderte Uebersicht
geben können. Daher versuchen die folgenden Blätter an
dem verschiedensten Material der Disciplinen, die in den
Kreis des Gymnasiums fallen, die einzelnen logischen Ge=
setze des Aristoteles als die stillschweigende Macht der Ord=
nung und Verknüpfung nachzuweisen oder in einzelnen Bei=
spielen anzudeuten. Dadurch soll der trockene Begriff belebt
und in seiner großen Bedeutung erkannt; dadurch soll unter
den entlegensten Kenntnissen jene Gemeinschaft gestiftet wer=
den, die Plato als innere Verwandtschaft bezeichnet. Die
alte Logik pflegte ein Kapitel de inventione hinzuzufügen.
Wenn die logischen Gesetze an dem Substrat der einzelnen
Wissenschaften erscheinen, so werden sie dadurch viel wirk=
samer die Erfindung anregen, als es durch eine frühere
abstracte Behandlung, sei es im rhetorischen oder wissen=

---

*) Im Staate S. 537. Steph.

schaftlichen Interesse, geschehen konnte. In solchem Sinne gefaßt kann der logische Unterricht nicht als eine äußere Vermehrung der Lehrgegenstände angesehen werden, sondern wirkt gerade für jene zusammendrängende Vereinigung, die heute mehr als je noth ist.

Die Beschäftigung mit diesen aristotelischen Grundzügen hat noch einen besondern Vortheil. In Aristoteles verfestigt sich die philosophische Sprache zu einer wissenschaftlichen Terminologie, welche noch gegenwärtig die Grundlage der unsern bildet. Unsere philosophischen Wörter tragen fast alle, so viel ihrer sind, durch die Vermittelung der lateinischen Uebersetzer und scholastischen Commentatoren die Spuren des aristotelischen Ursprungs. Um Namen, wie Subject und Object, Substanz und Accidens, Potenz und Actus, Prius und Posterius, die Kategorien und die syllogistischen Termini u. s. w. richtig zu verstehen, muß man sie im Aristoteles aufsuchen, der sie zuerst ausgeprägt hat. Wenn man in einem bekannten Sprichwort sagt, daß die Wörter wie Münzen gelten: so sind im Aristoteles die philosophischen Namen noch klingendes Metall, die jetzt, in ihrer Entstehung kaum verstanden, zum imaginären Werth des Papiergeldes herabgesunken sind. Es ist sehr wichtig an der Quelle selbst die ursprüngliche Geltung kennen zu lernen. Die griechische Philologie reicht hier in die Erklärung unserer lebendigen Sprache hinein und dem Schüler tritt darin ein bedeutendes Beispiel des griechischen Einflusses entgegen.

Ueberhaupt ist Aristoteles mitten in dem Streite der philosophischen Richtungen, in welchen das Gymnasium nicht hineingezogen werden soll, ein unbestrittener Gemeinbesitz. Aristoteles hat mehr als ein Jahrtausend den Geist der Wissenschaften dominirt und von ihm sind stillschwei-

gend viele Elemente in die verschiedenartigsten Wissen=
schaften übergegangen. Ihm ist wiederholt die Gunst
widerfahren, daß auf ihn als auf eine Quelle wissenschaft=
lichen Heils Parteien, die einander hart befehdeten, mit
gleicher Ehrfurcht zurückwiesen. Wenn der Papst die Lehre
der Averroisten und Alexandristen verurtheilte, so wurzelte
sie in demselben Aristoteles, auf welchem das strenge und
stolze Gebäude der kirchlichen Scholastik ruhte. Die Tho=
misten und Skotisten, obwohl unter sich uneins, wollten
doch den Aristoteles als Basis. Luther schalt ihn daher
eine gottlose Wehr der Papisten; aber bald erkannte auch
Luther seine Bedeutung, da Melanchthon denselben Aristo=
teles in freierm Geiste erneuerte und zum großen Lehr=
meister der protestantischen Schulen machte. Zwei Jahr=
hunderte ruhte dann das Studium des Aristoteles. In
größerer Selbstständigkeit blickt die neueste Zeit, überrascht
von der ursprünglichen Kraft seiner forschenden, durch=
dringenden Gedanken, auf ihn bewundernd zurück. Und
heute geschieht es von Neuem, daß sich Richtungen, die sich
gegenseitig verneinen, um den Aristoteles mit gleicher An=
erkennung sammeln. Vielleicht wird er in unsern Tagen,
da sich die philosophischen Bestrebungen zerworfen haben,
ein neuer Punkt der Verständigung. Wenn daher das
Gymnasium den vorbereitenden Unterricht an den Aristoteles
anlehnt, so bleibt es der die enge Gegenwart erweiternden
welthistorischen Bildung treu, die sein Beruf ist, und wird,
indem es sich außer den Parteien der Zeit hält, doch nicht
außer der Zeit selbst stehen.

Vielleicht wird das Gymnasium auf diesem Wege
für die Zukunft einer gediegenen philosophischen Bildung
wesentlich beisteuern. Wir haben in den Bewegungen der
neuern Wissenschaft die Einfalt der Griechen verloren.

Goethe forderte einst für die Naturwissenschaften im Gegen=
satz gegen das Uebergewicht des künstlichen Experiments eine
ruhigere Betrachtung der gegebenen Sache, wie sie den Alten
eigen gewesen. In der modernen Dialektik werden noch mehr,
als je in einem Experiment, und ohne den großen Erfolg
desselben, die Begriffe gezogen und gezerrt, statt daß man in
ihnen die Sache gewähren ließe und die Sache betrachtete.
Indem die Dialektik immer darauf aus ist, den Widerspruch
zu erzeugen, indem sie ihn nur zusammennimmt, um die
Einheit abermals zu entzweien und neue Feindschaft zu stif=
ten: büßt sie in dieser Unruhe des Processes jene Ruhe und
jene großartige Einfachheit ein, welche uns in Plato und
Aristoteles wunderbar befriedigt, und jene Unschuld der an=
tiken Betrachtung, welche aufrichtig und geradezu mit der
Sache verkehrt. Gegen den künstlichen Apparat und die mit
den Begriffen experimentirende Methode der modernen Dia=
lektik sehen wir allenthalben im Aristoteles griechische Sim=
plicität. Die Untersuchung geht ganz in die Sache auf; der
Schmuck des Vortrags ist das Schmucklose und der Aus=
druck zeigt nur darum Härten und Ecken, weil er den Gedan=
ken, den er bezeichnen will, noch gleichsam nackend läßt. In
dieser Einfachheit der Form und des Inhalts stellt sich von
selbst Aristoteles Logik neben Euklides Geometrie*) Es ist
das große Verdienst der klassischen Philologie, welche die
Gymnasien vertreten, daß trotz der abgelaufenen Jahrhun=

---

*) Leibniz sagt im Schreiben an Gabriel Wagner vom Nutzen der Ver=
nunftkunst oder Logik 1696, S. 421 in Erdmanns Ausgabe: „Es ist gewiß kein
Geringes, daß Aristoteles diese Formen in unfehlbare Gesetze brachte, mithin der
erste in der That gewesen, der mathematisch außer der Mathematik geschrieben.“
Jeder möge diesen unveralteten Brief des schöpferischen Leibniz lesen, ehe er den
logischen Unterricht gering schätzt. Mit bidaktischer Einsicht geschrieben sagt er in
einem großen Beispiel, was Leibniz früh dem Studium der Logik verdankte und
was es der Wissenschaft leiste.

derte und Jahrtausende zwischen unserer Gegenwart und
dem in seinen geistigen Schöpfungen charaktervollsten Volke
der Weltgeschichte keine Kluft entsteht, sondern daß sich un=
sere Bildung durch die Gemeinschaft mit den ursprünglichen
Griechen immer von Neuem bereichert und befruchtet. Möge
denn das Gymnasium in diesem antiken Geiste auch die er=
sten philosophischen Studien anregen, da später die Gegen=
wart mächtig genug ihr Recht an der Jugend geltend macht.

Diese allgemeine Ansicht leitete den Verfasser, da er
die Umrisse der aristotelischen Logik entwarf und nun zu der
zweiten Auflage für die Anwendung die vorliegenden Er=
läuterungen hinzufügt. Ueber einige besondere Punkte, die
namentlich den Unterricht betreffen, sei es erlaubt, noch das
Folgende zu bemerken.

In den Grundrissen der aristotelischen Logik mußten
zugleich zwei Zwecke verfolgt werden, die sich hie und da
kreuzten, wie so oft Theorie und Praxis. Auf der einen
Seite sollte die aristotelische Logik in ihren Grundbegriffen
aus sich selbst dargestellt; auf der andern mußte das Be=
dürfniß des Unterrichts berücksichtigt werden, und in diesem
Betracht war es nöthig, die ausführliche Breite zu vermei=
den, und, ohne die Tiefe und Schärfe zu opfern, das Ganze
zu beschränken und nur solche Bestimmungen aufzunehmen,
die über den Aristoteles hinaus noch in der Gegenwart der
Wissenschaften einen bleibenden Werth haben. Indem für
diesen letzten Gesichtspunkt ausgezogen und versetzt, zusam=
mengedrängt und zusammengereiht wurde, konnte der erste
nicht in voller Strenge festgehalten werden. Doch ist dahin
gesehen worden, daß der eine Zweck nicht durch den andern
wesentlich leide. Die praktische Bestimmung des Buchs
durfte nicht im Interesse einer eingehenden historischen Voll=
ständigkeit verloren gehn; und die vorliegenden Erläuterungen

sollen, wo über die sich selbst genügende Theorie die An=
wendung vergessen wäre, der praktischen Seite nachhelfen.

Dem Schüler begegnen in der Logik die nackten Grund=
begriffe, die in aller Erkenntniß verborgen walten. Weil sie
nur verborgen darin sind und nun nackt hervortreten, er=
scheinen sie ihm leicht trocken und todt. Es wird daher die
Kunst des Unterrichts sein, ihnen im Geist des Schülers die
Bedeutung zu geben, die sie in sich haben. Zu dem Ende
müssen die logischen Bestimmungen nicht bloß im Einzelnen
belebt, sondern auch in den Wissenschaften als ergiebig er=
kannt werden.*) Wenn nun die Disciplinen des Gymna=
siums, so mannigfach sie sind, doch immer zwei große
Stämme bilden, den einen, der in den Sprachen, den an=
dern, der in der Mathematik seine Wurzeln hat: so wird die
Aufgabe die sein, an diesen beiden Stämmen die bildende
und bauende Kraft der logischen Begriffe nachzuweisen. Die
Uebereinstimmung wird den Schüler überraschen und an=
regen. In diesem Sinne sind in dieser Schrift die erläutern=
den Beispiele gewählt, nicht als ob sie unmittelbar und in
dieser Gestalt dem Schüler gegeben werden sollten, sondern
nur um den Grundgedanken der logischen Verwandtschaft
an wissenschaftlichen Anschauungen deutlich zu machen. Der
einsichtige Lehrer, der den eigenthümlichen Gesichtskreis sei=
ner Schüler beherrscht, wird aus dem, was sie gerade be=
schäftigt, passendere Beispiele hernehmen, um in den Köpfen
die wissenschaftlichen Vorstellungsmassen einander zu nähern
und gegenseitig zu stärken. Aber damit der philosophische
Unterricht nicht gegen seinen eigenen Begriff einseitig werde,
muß er in der Hand eines Lehrers liegen, der mit beiden

---

*) Leibniz a. a. O. S. 425: „Sonst bekenne (ich), daß, wenn ein
Logicus Regeln ohne Exempel giebt, es eben sei, als wenn man in bloßen
Worten wollte fechten lernen.“

Stämmen der Disciplinen hinlänglich vertraut ist, um an beiden die logischen Bestimmungen durchzuführen. Wenn ein Gymnasium keinen Lehrer besäße, der das Ganze der Disciplinen hinreichend übersähe: so wäre es besser, den propädeutischen Unterricht in der Philosophie getrost auf sich beruhen zu lassen und gar nicht zu versuchen.

Für die Weise und den Gang des Unterrichts dürfte noch Eins beachtet werden. Ist es rathsam, den Text des Aristoteles voran philologisch zu erklären und dann philo= sophisch zu erläutern oder ist nicht ein entgegengesetzter Gang förderlicher? Auf jenem Wege wird Gegebenes commentirt, aber es wird der Schüler weniger dazu angeregt, die logi= schen Verhältnisse selbst zu finden. Daher wird der Lehrer, der den Gegenstand besitzt, umgekehrt verfahren. Unabhän= gig vom Aristoteles wird er zunächst aus der Sache und in einer freien Behandlung die Bestimmungen entwickeln, welche die Paragraphen enthalten und dann erst hinterher und gleichsam zur Bestätigung und Zusammenfassung diese Aphorismen lesen lassen. Der Schüler wird dann mit mehr Urtheil die aristotelischen Stellen verstehen, die unscheinbaren Worte in ihrem Inhalt bewundern, und mit größerem In= teresse die sich daran knüpfenden historischen Bemerkungen vernehmen. Es wird zweckmäßiger und wirksamer sein, von der Betrachtung der Sache auf das hinheftende Wort, als umgekehrt erst durch das gebundene Wort hindurch zur Sache überzugehen. In jenem Falle hat das Wort sogleich eine Bedeutung, in diesem verengt es leicht den Gesichtskreis der Sache. Die Analogie des philologischen Unterrichts muß hier gegen den eigenthümlichen Zweck der philosophi= schen Propädeutik zurücktreten. Uebrigens bietet jeder Pa= ragraph für die Behandlung drei Gesichtspunkte dar, die

Terminologie, den formalen Vorgang, der beschrieben wird, und die Bedeutung in der Anwendung.

Gewöhnlich stellt man für den vorbereitenden philoso= phischen Unterricht neben die Logik noch die empirische Psy= chologie oder auch wol einige Abschnitte aus der Geschichte der Philosophie. Beides möchte über den Bereich des Gym= nasiums hinaus liegen. Will die Psychologie Wissenschaft sein — und eine unwissenschaftliche Behandlung würde nichts frommen und nur schaden —: so enden in der Psy= chologie alle Probleme der Natur, da sie in der Seele ihre Lösung suchen, und gehen von der Psychologie alle Probleme der geistigen Welt aus, da diese in der menschlichen Seele ihre zarten und mächtigen Keime hat. Die Psychologie steht dergestalt im Mittelpunkt der Philosophie, daß sie sich sehr schwer wird propädeutisch behandeln lassen. Man hat vorgeschlagen, des Aristoteles Bücher über die Seele in ähnlicher Weise für diesen Zweig des Unterrichts zu be= nutzen, wie seine logischen Schriften. Indessen sind sie zu schwierig und in einzelnen metaphysischen Begriffen zu tief= sinnig, um dem Mittelschlag der Köpfe, wie sie sich ge= wöhnlich in einer Prima finden, schon zugänglich zu sein. Jede Behandlung der Geschichte der Philosophie bleibt auf dem Gymnasium ein Bruchstück. Durch bloßes Vorkosten verdirbt man nicht selten die Lust am vollen Genusse.

Für jedes Semester des zweijährigen Lehrganges in Prima sind auf den preußischen Gymnasien zwei Stunden zur philosophischen Propädeutik vorgeschrieben. Meistens stehen sie verwaist und selbst unwirksam da. Wenn indessen die Logik für den Zweck des in die Philosophie einleitenden Unterrichts hinreicht und sich die übrigen philosophischen Wissenschaften für das Gymnasium nicht eignen: so läßt sich hier im Sinne der immer mehr nothwendigen Con=

centration Zeit gewinnen, ohne in der Sache zu verlieren,
vielmehr indem man diese selbst verstärkt.

Wenn man nämlich für die Logik in einem Winter-
halbjahre drei wöchentliche Stunden bestimmt: so wird man
ihr Gewicht und Interesse geben, und die Kraft der Schüler
dergestalt in ihr sammeln können, daß die Schwierigkeiten
des neuen Gegenstandes überwunden werden. Eine solche
intensive Behandlung in einem Semester wird, scheint es,
mehr fruchten, als wenn der vorbereitende philosophische
Unterricht durch vier Semester ohne rechten Mittelpunkt
durchgezogen wird; und sie wird besonders da dem Univer-
sitätsstudium in die Hände arbeiten, wo sie in eine Ober-
prima, also in das letzte Gymnasialjahr des Schülers ver-
legt werden kann. Für den gewöhnlichen zweijährigen Auf-
enthalt des Schülers in Prima würden bei einer solchen
Einrichtung fünf Achttheile der Zeit, die bis jetzt gesetz-
mäßig der philosophischen Propädeutik zufällt, zum Vortheil der Sache eingebracht und verwandten Gegenständen,
z. B. der deutschen Litteratur, oder leichtern philosophischen
Schriften der Alten, des Cicero oder Plato, zugelegt werden
können. Wenn man dem logischen Unterricht in jedem Semester nur Eine Lehrstunde zubilligt, und ihn dann nothge-
drungen durch mehrere Semester hinschleppt: so tödtet man
die Kraft des Gegenstandes und bereitet ihm für die neu
eintretenden Schüler, welche mitten in den geschlossenen
Gang hineingerathen, die größten Schwierigkeiten. Man
kann vor diesem kümmerlichen Nothbehelf nicht genug warnen.

Man erwarte von dem Büchlein nicht mehr, als es
selbst sein und geben will. Es ist nur ein Versuch, Aristoteles Logik für die heutigen Wissenschaften unserer Gymnasien zu commentiren. Daher enthält es sich eigener Ab-
leitungen und kann diese nur hie und da und nebenbei

anbeuten. Dagegen bezieht es sich zur Ergänzung auf anderweitige Entwickelungen, wie auf des Verfassers logische Untersuchungen, was um der Kürze willen Entschuldigung finden wird.

Da wir Anfangs auf die Geschichte des philosophischen Unterrichts in den Gymnasien zurückblickten, begannen wir mit Luther. Daher wollen wir auch zur Empfehlung unsers kleinen Unternehmens mit einem Worte Luthers schließen. „Das mocht ich gerne leiden", schreibt er*), „daß Aristoteles Bucher von der Logica, Rhetorica, Poetica behalten oder sie in ein andere kurz Form bracht, nutzlich gelesen wurden, junge Leut zu üben, wohl reden und predigen; aber die Comment und Secten mußten abgethan, und gleichwie Ciceronis Rhetorica ohn Comment und Secten, so auch Aristoteles Logica einformig ohn solch groß Comment gelesen werden. Aber itzt lehret man weder reden noch predigen draus und ist ganz ein Disputation und Muderei daraus worden."

Berlin, am 12. März 1842.

A. Trendelenburg.

---

*) „An den christlichen Abel deutscher Nation." 1520. Bei Walch X, S. 380.

Vorrede zur zweiten Auflage.

Seit die Vorrede zur ersten Auflage geschrieben worden, ist die Logik in der Theilnahme der Gymnasien eher zurückgegangen, als vorgeschritten, insbesondere nachdem vor 5 Jahren in den preußischen Gymnasien die Verpflichtung zum Unterricht in der philosophischen Propädeutik in eine bedingte Erlaubniß verwandelt ist. Die Vielheit der einbringenden neuen Gegenstände fährt fort, den alten philosophischen Unterricht aus den Gymnasien zu verdrängen.

Wenn sich die ursprüngliche Einfachheit der lateinischen Schulen nicht mehr behaupten läßt, wenn mit den alten Disciplinen neue um den Besitz kämpfen: so darf bei der Sichtung dessen, was aufzunehmen und was auszuschließen, nicht vergessen werden, daß der schwerere Gegenstand nicht dem leichteren weichen darf. Das Schwere bildet; am Schweren übt sich der junge Geist in Arbeit, während er mit dem Leichten tändelt. Wer das Schwere überwunden, hat damit das Leichtere gewonnen. Anstalten, welche, wie die Gymnasien, für das möglich größte Maß tiefer und gründlicher Bildung in der Nation arbeiten, müssen sich ihrem Begriffe nach zum Schweren halten, wenn es das Bedeutende ist, und nicht zum Leichten, wenn es auch durch Annehmlichkeit und Nutzen lockt. Nach diesem Kanon muß auf den Gymnasien das Griechische und Lateinische den modernen Sprachen, die Mathematik der neueren Geschichte vorgehen. Das Moderne setzt sich, so weit es nöthig ist, von selbst durch. An dem Leichtern, aber Gefälligen verwöhnt die Jugend ihren Gaumen. Sie sucht nun den Reiz und verschmäht derbe Hausmannskost; sie verlangt nun, um das Bild anzuwenden, das Baco von der Abneigung gegen strengere Wissenschaften brauchte, nach den Fleischtöpfen Aegyptens und es wibert sie das Manna der Wüste, das doch vom Himmel stammt. Es giebt Gegenstände, welche an ihrem eigenen Reiz ihre Gefahr haben. Nicht selten sind die Lehrstunden in der deutschen Litteraturgeschichte mehr Unterhaltung, als Unterweisung, mehr Genuß, als strenge Arbeit, abgesehen davon, daß auch wohl der Vortrag in ein Lesen mit vertheilten Rollen ausartet. In Gymnasien bedarf es kaum einer ausführlichen deutschen Litteraturgeschichte. Die Schüler, welche in den Alten, insbesondere den Griechen, Auffassung des Schönen und Eigenthümlichen gelernt haben, fassen es in der deutschen Darstellung von selbst auf. Das Verständniß des Modernen und Nationalen hat bei ihnen keine Schwierigkeit. Wir wissen nicht, ob zu der Zeit, da die Meister des Deutschen, Klopstock, Lessing, Fichte aus den Fürstenschulen hervorgingen, deutsche Litteraturgeschichte in derselben Breite vorgetragen wurde, als jetzt; aber das wissen wir, daß man damals auf den logischen Unterricht hielt. In den Realschulen, welche griechische Klassiker gar nicht und römische nur im Abhub kennen lernen, sind deutsche Litteraturgeschichte und Erklärung deutscher Klassiker bringender nothwendig. Uebrigens ist aus Programmen ersichtlich, daß Realschulen schon den logischen Untetricht aufnehmen, welchen die Gymnasien aufgeben oder verstoßen.

Es ist in unserer Zeit ein Trieb, die Gymnasialzeit zu kürzen. Es trat dies z. B. im Jahre **1849** bei der aus dem ganzen Lande in Berlin versammelten Lehrerconferenz hervor, und zwar damals den Realschulen zu Gefallen, die eine den Gymnasien parallele Stellung erstreben und doch ihre Schü= ler früher entlassen müssen, als es die Gymnasien thun. Man gedachte an dem meistens überkommenen 9jährigen Lehrgang ein Jahr einzubringen oder abzulassen. Während neue Gegenstände in die Schulen einbringen, entzieht man der Jugend Zeit zur Verarbeitung, überhaupt Zeit, um in sich zu reifen. Man muß den Muth haben umgekehrt auf eine längere Anfäßigkeit der Schüler im Gymnasium hin= zuwirken, zum Besten der jungen Männer, denen man ihre Jugend — die Zeit vor dem sich ihrer nur allzubald bemäch= tigenden Amt — verlängert, wenn man sie auf dem Gym= nasium zurückhält, zum Besten der Universitäten, welche in demselben Maße mehr wirken und sich höher halten können, als die Studirenden an Jahren und wissenschaftlicher Kraft reifer sind, zum Besten des künftigen Amtes, für welches sich jetzt die Vorbereitung im Triennium vielfach abkürzt. Dies Letzte gilt auf den preußischen Universitäten zumal von den Juristen und Theologen. Das freiwillige Dienst= jahr nimmt häufig den Studirenden während zwei ganzer Semester Sammlung und Kraft für die Studien. Die Theo= logen sind meistens genöthigt, ihre Zeit durch Privatunter= richt, den sie ertheilen, zu verengen, und da Stipendien in der Regel nur für ein Triennium gegeben werden, so fehlt ihnen die Möglichkeit, ein freies Semester zuzusetzen. In diesen Beziehungen schrumpft die Ausdehnung des Univer= sitätsunterrichts zusammen.

Soll nun die Gründlichkeit unserer deutschen Bildung in Kirche und Staat, soll der alte deutsche Ruhm einer sichern Grundlage und allgemeiner wissenschaftlicher Liebe nicht zurückgehn: so ist es gut und klug, statt die Gymnasialzeit

abzukürzen, sie in entsprechender Beschäftigung zu verlän=
gern. Ein Semester mehr thut schon etwas. Dann wird auch
das Alte, das seit Jahrhunderten als wichtig Erkannte,
auf das einst die Reformatoren und Leibniz ein solches Ge=
wicht legten, ohne Schwierigkeit seine Stelle behaupten.

Für die philosophischen Vorlesungen auf der Uni=
versität ist die elementare Logik der Gymnasien immer ein
Fundament gewesen. Wenn es weggenommen wird, so darf
man sich nicht wundern, daß in der Masse z. B. der jun=
gen Theologen, wie darüber in öffentlichen Versammlungen
geklagt ist, die Wirkung philosophischer Universitätsbildung
abnimmt.

Wenn man ein Object, für welches sich nur Lehrer
höherer und allgemeiner Bildung eignen, im Gymnasium
fallen läßt, statt Lehrer, indem man diesen Unterricht
fordert, zu der Höhe hinaufzuziehen: so läßt man den
wissenschaftlichen Geist des Gymnasiums sinken.

Aus diesen Gründen übergiebt der Verfasser noch
einmal die vorliegende Schrift den Gymnasien mit dem
Wunsche, daß sie an sich den Spruch erfüllen: „Halte,
was du hast.“

Diese zweite Auflage der Erläuterungen ist durchweg
einer Durchsicht unterworfen, welche ein aristotelischer
Freund übernahm. Man wird Berichtigungen und Zusätze
finden und namentlich zu §. 37 eine neue Ausführung
über die Lehre vom Zeichen, welche z. B. im Indicien=
beweis des Rechts eine so wichtige Anwendung hat.

Berlin, den 7. November 1860.

A. Trendelenburg.

Inhalt.

§. 1. 2.

Zunächst wird das Urtheil als der Anfangspunkt der Logik bezeichnet und das Gebiet des Urtheils begrenzt.

„Wo sich sowol das Wahre als das Falsche findet, da ist schon eine Zusammensetzung der Begriffe als solcher, welche eins seien. Denn auf dem Gebiete der Zusammensetzung und Tren= nung hat das Falsche und das Wahre Statt. Die Namen (der Dinge) und die Wörter (der Thätigkeiten) gleichen daher für sich allein dem Begriffe ohne Zusammensetzung und Trennung, z. B. Mensch oder weiß, wenn nichts hinzugesetzt wird; denn noch ist es weder Falsches noch Wahres. Es zeigt sich dies darin, daß selbst der Name eines Gebildes, wie der Bockhirsch, zwar etwas bezeichnet, aber noch nicht Wahres oder Falsches, wenn nicht etwa entweder schlechthin oder für eine Zeit, daß es sei oder nicht sei, hinzugesetzt ist. Der also denkt wahr, der das Getrennte für getrennt und das Zusammengesetzte für zusammengesetzt hält; der aber falsch, dessen Gedanken sich entgegengesetzt verhalten, als die Dinge."

„Jeder Satz dient zwar zur Bezeichnung, aber nicht jeder ist ein Urtheil, sondern nur derjenige, in welchem die Aussage von Wahrem oder Falschem Statt hat. Sie hat jedoch nicht in allen Statt; z. B. das Gebet ist zwar ein Satz, aber weder wahr noch falsch. Die übrigen mögen nun auf sich be= ruhen; denn die Untersuchung gehört mehr der Rhetorik oder Poetik an; aber das Urtheil ist Gegenstand der vorliegenden Betrachtung."

Da das Wahre das Ziel des Erkennens ist, so muß die Logik da anheben, wo zuerst der Anspruch auf Wahrheit auftritt. Dies geschieht im Urtheil, das darauf gerichtet ist, das Wirkliche geistig darzustellen. Durch diesen Bezug scheidet sich die logische von der grammatischen Betrachtung (§. 2.), die den Satz im weitern Umfang zum Gegenstande hat.

Die beziehungslose Vorstellung schwebt für sich gleichgültig dahin (z. B. Mensch, weiß, Bockhirsch), und wenn man sie einzeln denkt, denkt man weder Wahres noch Falsches. Aber mit der Verbindung zum Satze (die Verbindung allein würde es nicht thun) hört diese gleichgültige Vereinzelung auf. Und zwar werden im Satze, inwiefern er ein Urtheil ausdrückt, nicht bloß Vorstellungen auf Vorstellungen bezogen, sondern es liegt stillschweigend der Gedanke zum Grunde, daß etwas gesetzt wird und das Urtheil ein Gegenbild des Wirklichen sein will (vgl. §. 1.). Diese Voraussetzung wird im Modus des prädicirenden Verbums angedeutet (vgl. §. 5. ἄνευ δὲ ῥήματος ɛc.), überhaupt in den Beziehungen der Rede auf den Sprechenden z. B. im Demonstrativum (vgl. Becker, Organism. 2te Aufl. §. 47.). Selbst der Gedanke des Unwirklichen (z. B. Bockhirsch) wird wahr, wenn es als unwirklich ausgesprochen wird (μὴ ὑπάρχον §. 10.), z. B. es giebt keinen Bockhirsch.

Vor der Verbindung und Trennung muß es Elemente geben, die verbunden oder getrennt werden können und ehe im Gedanken Bejahtes und Verneintes der Verbindung und Trennung in der Wirklichkeit entspricht, muß es möglich sein, daß sich die Elemente des Gedankens und der Sache entsprechen; es muß möglich sein, daß die Elemente des Gedankens (Subject, Prädicat; ὄνομα, ῥῆμα) die Elemente der Wirklichkeit (Seiendes, Thätigkeit) abbilden.

Wie diese Aneignung des Wirklichen geschehe und geschehen könne, ist theils eine psychologische, theils eine logisch metaphysische Betrachtung und wird für die aristotelische Logik vorausgesetzt. Jede Wissenschaft begrenzt sich in ihren Voraus-

ſetzungen und erſt durch dieſelben wird ihr Verhältniß zu den
übrigen verſtanden. Daher muß im Unterricht jene wichtige
Vorausſetzung der ganzen vorliegenden Behandlung hervorge=
hoben werden. Wenn ſich dadurch ein Blick in die weitere
Forſchung öffnet, ſo muß man ihn doch für den Kreis des
erſten Unterrichts wiederum ſchließen; denn ſonſt verläuft dieſer
ins Unbeſtimmte oder verſteigt ſich in die ſchwierigſten Probleme.
Man verſäume nirgends die kluge Beſchränkung. Es mag
ſpornen, höhere Aufgaben, die zurückbleiben müſſen, aus der
Ferne zu zeigen; aber es verwirrt, wenn man ſie vorzeitig be=
handelt. Die Skepſis kämpft zwar gegen jene Möglichkeit einer
geiſtigen Aneignung, aber ſie hat immer nur zu einer größeren
Genauigkeit und nicht zur Vernichtung der Erkenntniß über=
haupt geführt.

§. 3.

Die iſolirten Elemente des Urtheils führen, allgemein ge=
faßt, auf die Kategorien.

„Von dem, was in keiner Satzverbindung ausgeſprochen
wird, bezeichnet jedes entweder Weſen (Subſtanz) oder wie
groß (Quantität) oder wie beſchaffen (Qualität) oder bezogen
(Relation) oder irgendwo (Raum) oder irgendwann (Zeit) oder
liegen oder haben oder thun oder leiden. Es iſt aber eine
Subſtanz, um es im Umriß zu ſagen, z. B. Menſch, Pferd;
wie groß z. B. zwei Ellen lang, drei Ellen lang; wie beſchaffen
z. B. weiß, ſprachkundig; bezogen z. B. doppelt, halb, größer;
irgendwo z. B. im Lyceum, auf dem Markte; irgendwann
z. B. geſtern, im vorigen Jahre; liegen z. B. liegt, ſitzt; haben
z. B. iſt beſchuhet, bewaffnet; thun z. B. ſchneidet, brennt;
leiden z. B. wird geſchnitten, gebrannt.‟

Wenn die Vorſtellungen, die in ihrer Einheit das Urtheil
bilden, für ſich als Elemente herausgeſchieden und allgemein
gefaßt werden, ſo entſtehen die Kategorien (letzte „Aus=
ſagen‟). Da die Kategorien, wie es ſcheint, von Ariſtoteles

und noch mehr bei Spätern — namentlich im ganzen Mittel=
alter — Beispiele finden. Aristoteles unterschied noch nicht
erste Anschauungen der Sinne und erste Begriffe des Verstandes,
wie Kant später die Kategorien als Stammbegriffe des Ver=
standes faßte. Bei Aristoteles begreift die Substanz (οὐσία)
sowol das räumlich begrenzte Individuum als auch die nur
im zusammenfassenden Denken erkannte Gattung. Das Wo
und Wann — Raum und Zeit —, die Bedingungen der sinn=
lichen Wahrnehmung, bilden eigene Kategorien. Im Quale
und Quantum u. s. w. ist von einer solchen Unterscheidung
gar nicht die Rede. Ferner darf nicht unbeachtet bleiben, wie
die Kategorien in einander greifen. Z. B. das Relative in
das Quantum oder Quale oder die Substanz; man vergleiche
das Beispiel des Doppelten, worin das Relative und das
Quantum zugleich gesetzt ist, das Beispiel der Wahrnehmung,
die relativ ist, insofern sie sich nothwendig auf ein Object be=
zieht, und zugleich ihrer Natur nach ein Quale (ἕξις), endlich
das Beispiel des Herrn und Knechts, wo die Beziehung an
der Substanz haftet. Aehnlich wird das κεῖσθαι und ποιεῖν
und πάσχειν das ποῦ und ποτὲ in sich tragen. Diese Ver=
schlingung der Kategorien unter einander ist zunächst nicht die
aristotelische Betrachtung an unserer Stelle, aber zeigt die Un=
möglichkeit, die Begriffe ganz in dem Sinne ausschließend
unter die eine oder die andere Kategorie zu subsumiren, wie
die Pflanzen unter die eine oder die andere Klasse des Systems
gestellt werden (vgl. des Verf. historische Beiträge zur Philosophie.
1. Bd. Aristoteles Kategorienlehre, namentlich S. 184).

Die Unterscheidung der höchsten Begriffsformen, die Aristo=
teles zuerst versucht hat, ist, wie die Unterscheidung der Formen
der Naturprodukte, die nothwendige erste Stufe zur Untersuchung
ihres Ursprungs und ihrer Entwickelung.

Mit dieser Forschung, die mit der Frage nach der innern
Möglichkeit und den Quellen des Erkennens eins ist, beschäftigt
sich die Philosophie noch gegenwärtig (vgl. Logische Untersuchun=

6

gen I., S. 275 ff. II., S. 72 ff. Historische Beiträge zur Philosophie 1. Bd. S. 196 ff. die Kategorienlehre in der Geschichte der Philosophie).

Für den ersten Unterricht bedarf es nichts weiter, als daß man einen Einblick in die allgemeine Bedeutung der Kategorien und in den Sinn der schwierigen Aufgabe gewähre.

§. 4. 5.

Aus dem Begriff des Urtheils geht als nächster Unterschied das bejahende und verneinende Urtheil hervor (Qualität des Urtheils).

„Es ist das Urtheil eine Einheit, ursprünglich als Bejahung, dann als Verneinung; Bejahung aber ist Aussage eines Dinges zu einem andern hin, Verneinung Aussage eines Dinges von einem andern weg. Auf ähnliche Weise sind die Urtheile wahr wie die Sachen."

„Nicht=Mensch ist kein Name (eines Dinges, kein Substantiv); auch giebt es keinen Namen, wie man es nennen muß. Denn es ist weder Satz noch Verneinung. Es mag jedoch „unbestimmter Name" heißen, weil es auf ähnliche Weise jeglichem Dinge sowol einem seienden als nicht seienden zukommt."

„Jede Bejahung und Verneinung wird entweder aus einem Namen (Substantiv) und Zeitwort oder aus einem unbestimmten Namen und Zeitworte bestehen. Ohne Zeitwort giebt es weder Bejahung noch Verneinung."

Die Bestimmungen des §. 4. führen zunächst für das Urtheil aus, was schon in §. 1. liegt. In der Erkenntniß, die auf Wahrheit Anspruch macht, liegt eine Beziehung auf die Dinge (das Object). Der Geist will die Welt in sich wiedererzeugen. Was die Dinge thun, das wird von ihnen geurtheilt. Ohne eine solche Beziehung auf die Dinge giebt es kein Urtheil, sondern nur Begriffe, die für sich gleichgültig dahin schweben, und in dem prädicirenden Verbum wird außer dem Begriff der Thätigkeit, der in der Sache liegt, diese Be=

ziehung des Geistes ausgedrückt (Modus). Daher fordert jedes Urtheil, als Satz ausgesprochen, ein Verbum.

Zunächst wirken die Dinge, inwiefern sie thätig sind, mit erzeugender Kraft und bringen Verbindungen hervor. Dies positive Verhältniß der entsprechenden Begriffe stellt das bejahende Urtheil dar. Inwiefern sich hingegen die Dinge scheiden, verneinen sich die entsprechenden Begriffe (verneinendes Urtheil). Die Wahrheit des bejahenden und verneinenden Urtheils ist auf diese Weise das Gegenbild des sich vereinigenden oder trennenden Wirklichen.

Das Wesen einer Sache ist eine erzeugende (verbindende) That. Daher ist das bejahende Urtheil, wenn man auf die Natur der Sache sieht, ursprünglicher, als das verneinende, das nur abwehrt.

Daß das verneinende Urtheil einer im Wirklichen liegenden Trennung entspricht, zeigt sich namentlich in solchen indirecten Beweisen, in welchen sich die Sache selbst gegen die angemu= thete und versuchte Verbindung sträubt.

Man vergleiche zur Erläuterung einfache Beispiele, wie diese. Die Winkel eines gleichseitigen ebenen Dreiecks sind $= 60^\circ$. Die Verbindung dieser Begriffe liegt in der Entstehung der Sache. Hingegen das gleichseitige Dreieck hat keinen rechten Winkel. Denn sonst wäre die Summe der Winkel eines solchen Dreiecks, da sie unter sich gleich sind, $= 3$ rechten Winkeln. Die Natur der Sache widersetzt sich hier ausdrücklich der versuchten Ver= bindung beider Begriffe. Aristoteles giebt ein anderes Beispiel (analyt. post. I. 2.). Die Diagonale eines Quadrats ist mit den Seiten desselben nicht commensurabel. Der geometrische Beweis bei Euklides (Elemente **X.** 117.) zeigt dasselbe. Indem das Quadrat gleichseitig und rechtwinklig ist (das bejahende Urtheil des ursprünglichen Wesens), grenzt es sich erst dadurch vom Rhombus u. s. w. ab („es ist kein Rhombus", das dar= aus folgende verneinende Urtheil). Will man ein Beispiel auf einem andern Gebiete, so bestimme man den Begriff des Vocals und scheide ihn vom Consonanten ab, und man hat eine in der Sache liegende Verbindung und Trennung durch ein bejahendes und verneinendes Urtheil ausgedrückt. Indem die Conjunction das Verhältniß von Sätzen und Satzgliedern bezeichnet (das bejahende Urtheil des ursprünglichen Wesens), ist sie erst dadurch kein Substantiv, keine Präposition (das verneinende Urtheil der geschiedenen Gebiete). Wo Begriffe als besondere aus dem Allgemeinen, Arten aus dem Geschlecht durch den artbildenden Unterschied abgeleitet werden, liegt in diesem der Grund der sich trennenden Arten, wie z. B. aus dem Parallelogramm durch die Bestimmung gleicher Seiten und rechter Winkel das Quadrat entsteht und sich durch dieselbe vom Rechteck, Rhombus, Rhomboid unterscheidet. Die Verneinung beruht darin auf einem bejahenden Urtheil.

Dessenungeachtet ist für unsere Erkenntniß, die anfangs auf dem Wege von außen nach innen und umgekehrt als die Erzeugung der Sache geschieht, oft das verneinende Urtheil früher als das bejahende.

Wenn die Verneinung, die der urtheilenden Aussage angehört, mit einem Begriff verschmilzt: so wird dadurch bezeichnet, daß etwas nur in der Trennung von einem bestimmten Begriff gedacht wird (nicht=a, nicht=Mensch). Was dies aber sei, bleibt unbestimmt. Ein solcher unbestimmter Begriff ins Prädicat gesetzt, hebt eigentlich das Wesen des bestimmenden Urtheils auf; und daher ist das von den Neuern so genannte unendliche Urtheil keine mit dem bejahenden oder verneinenden gleich berechtigte Art.

Eine Anwendung eines solchen „unbestimmten Namens“ bietet die dichotomische Eintheilung (a, nicht=a). Etwas ist Dreieck oder Nicht=Dreieck, wobei unter dem letzten Gliede alles Mögliche verstanden werden kann. Die Unbestimmtheit begrenzt sich stillschweigend, wenn man mit dem Gedanken innerhalb eines Kreises bleibt. Z. B. die Dreiecke sind entweder gleichseitige oder nicht=gleichseitige.

§. 6.

Die Beziehung des Urtheils auf das Allgemeine oder Besondere oder Einzelne bildet die später so genannte Quantität des Urtheils.

„Einige Dinge sind allgemein, andere einzeln; allgemein heißt, was seiner Natur nach von mehreren ausgesagt werden kann; einzeln, was nicht; z. B. Mensch gehört zum Allgemeinen, Kallias zum Einzelnen."

„Ein Urtheil ist nun ein Satz, der etwas von etwas bejaht oder verneint, und zwar entweder allgemein oder theilweise (besonders) oder unbestimmt. Allgemein aber heißt, daß etwas allen oder keinem zukommt, — theilweise (ein besonderes Urtheil), daß etwas einem oder einem nicht oder nicht allen zukommt, — unbestimmt, daß es zukommt oder nicht zukommt ohne die Bestimmung des Allgemeinen oder Besondern, z. B. daß die Gegensätze in dieselbe Erkenntniß fallen oder daß die Lust kein Gut sei." *(Anm. u. s. w.)*

„Offenbar hat das allgemeine Urtheil eine größere Bedeutung, weil wir im Besitz des früheren von zwei Urtheilen gewissermaßen auch das spätere wissen und der Kraft nach besitzen z. B. wenn man weiß, daß in jedem Dreieck die Winkel gleich zweien rechten sind, so weiß man auch gewissermaßen der Kraft nach, daß in dem gleichschenkligen die Winkel gleich zweien rechten sind, auch wenn man die Form des gleichschenkligen Dreiecks nicht kennt. Wer aber das zweite Urtheil besitzt, weiß das Allgemeine keineswegs, weder der Kraft noch der Wirklichkeit nach. Das allgemeine Urtheil ist Gegenstand des Gedankens, das besondere geht in die Sinneswahrnehmung zurück."

Aus der allgemeinen Bestimmung des Urtheils, die Beziehung der Begriffe als Gegenbild der Beziehung der Dinge darzustellen, ergab sich der nächste und ursprüngliche Unterschied der bejahenden und verneinenden Urtheile (die Qualität).

In diesen Begriff wird ein neuer Unterschied aufgenommen,

inwiefern die Dinge, deren Beziehungen das Urtheil nachbildet, theils in sich allgemein sind, theils einzeln. Es ist dabei wesentlich, daß Dinge allgemein heißen, und zwar solche, deren Begriff seiner Natur nach von mehreren ausgesagt werden kann.

Das Allgemeine läßt sich als ein solches auffassen, das lediglich im vergleichenden Denken entsteht. Dann erscheint es als ein willkürliches oder künstliches Gebilde, höchstens als eine Abbreviatur des Verstandes. Man kann z. B. einen Buchstaben und einen Schneeflocken, einen Stein und eine Maschine, einen Schluß und eine Blume u. s. w. vergleichen, und in so entlegenen Dingen noch immer etwas Gemeinsames auffinden. Ein so gewonnenes Allgemeines ist nur ein Abstractum.

Das Allgemeine ist aber erst dann wahrhaft berechtigt, wenn es in der Natur der Dinge als ursprünglich und wirksam erkannt wird. Es ist dies eine Voraussetzung, die über die logischen Elemente hinausführt, die aber zunächst daran deutlich gemacht werden kann, daß sich das Allgemeine in den Geschlechtern und Gattungen der Natur und im Lebendigen durch die constante Fortpflanzung als real bewährt. Solch wirkliches Allgemeines schwebt, wie es scheint, dem Aristoteles vor, wenn er πράγματα allgemein nennt, z. B. Mensch.

Das Allgemeine ist dergestalt das Wesen des Denkens, daß die Sprache alles, was sie ausspricht, allgemein bezeichnet und nur insofern das Einzelne als Einzelnes ausdrückt, als sie diesen Ausdruck an den Sprechenden anknüpft, der ein einzelner ist. Selbst Kallias (ein Beispiel des Aristoteles), obwol ein Eigenname, kann noch mehreren zukommen. Der Sprechende jedoch greift über die Mittel der allgemeinen Sprache hinaus, und indem er den Kallias als diesen Kallias bezeichnet und dadurch zu sich als einem Einzelnen in Beziehung setzt, wird das Einzelne verstanden. Man vergleiche das Dreieck (allgemein) und dies Dreieck (einzeln), die Sprache und diesen Sprechenden, die mathematische Erkenntniß und diesen Rechner

— und man wird für die aristotelische Bestimmung hinreichende Beispiele haben.

Wird der erläuterte Begriff in das Urtheil aufgenommen, so ergiebt sich das allgemeine und einzelne Urtheil, je nach= dem von einem solchen Allgemeinen oder Einzelnen etwas be= jahet oder verneint wird. Es muß jedoch im allgemeinen Urtheil eine Bestimmung nicht übersehen werden. Da das Allgemeine nach der Erklärung mehrere unter sich begreift, so ist das Urtheil nur dann allgemein, wenn alle, die unter dem Allgemeinen stehen, verstanden werden. Daher die Form: alle Menschen sind mit Vernunft begabt; alle ebene Dreiecke haben zur Summe ihrer Winkel zwei rechte.

Wird hingegen nur ein Theil des unter dem Allgemeinen Begriffenen verstanden, so entspringt das besondere Urtheil, z. B. einige Menschen haben schwarze Hautfarbe, einige Dreiecke sind gleichschenklig. Da das Einzelne ebenfalls ein Theil des unter dem Allgemeinen Begriffenen ist, so kann Aristoteles in diesem Betracht das einzelne Urtheil in das besondere (theil= weise) hineinziehen. Z. B. dies Dreieck ist gleichschenklig.

Es liegt daher in den beiden Stellen ein doppelter Gegen= satz vor; Allgemeines und Einzelnes, wenn man von den Be= griffen ausgeht, Allgemeines und Besonderes (Theilweises), wenn die Urtheile bestimmt werden. Das Besondere und Ein= zelne ist dabei unter zwei verschiedene Gesichtspunkte gefaßt. In der ersten Hinsicht erscheint das Besondere, inwiefern es die Art bezeichnet und auf das darunter stehende Einzelne be= zogen wird, selbst als ein Allgemeines, z. B. das Urtheil: „einige Dreiecke sind gleichschenklig" hat den Werth des Allge= meinen in Bezug auf die einzelnen gleichschenkligen Dreiecke. In der andern Hinsicht ist das Besondere und mit ihm das Einzelne im Gegensatz gegen das Allgemeine aufgefaßt und zwar das Besondere überhaupt als Theil gegen das Ganze und das Einzelne gleichsam als kleinster und letzter Theil.

Diese verschiedenen Gesichtspunkte einer bei Aristoteles vor=

handenen Eintheilung können dazu dienen, die gegenseitigen Beziehungen des allgemeinen, besondern und einzelnen Urtheils nach mehreren Seiten zu erläutern. Die beiden ersten Stellen müssen sich zur Ableitung dieser drei Formen gegenseitig unterstützen. Aristoteles erwähnt noch der unbestimmten Quantität. Sie darf indessen nicht als eine logische Art, die einen eigenthümlichen Gedanken darstellte, sondern nur als die Bezeichnung eines Mangels angesehen werden, der Abhülfe fordert, wenn nicht Zweideutigkeit entstehen soll. Die Bemerkung ist eine logische Vorsicht gegen die grammatische Unbestimmtheit.

Um den Grundgedanken des Paragraphen zu beleben, schien es wichtig, in die Bedeutung des Allgemeinen für die Erkenntniß gleich anfangs einen Blick zu thun. Dazu ist der letzte Absatz gewählt.

Ohne Allgemeines würde es keine Erkenntniß geben. Wir würden nur blind im Einzelnen tasten und nur von den Dingen zurecht gestoßen werden. Aber durch das Allgemeine beherrschen wir das Einzelne. Wir behandeln z. B. in der Grammatik durch die Regel ($\pi\varrho\acute{o}\tau\alpha\sigma\iota\varsigma$ $\varkappa\upsilon\varrho\iota\omega\tau\acute{\epsilon}\varrho\alpha$) das Einzelne und die unbekannten Fälle, wie sie uns der Augenblick neu bringt. Der Kraft nach liegt das Einzelne darin. Wer etwa die Rection der Praeposition ad mit dem Accusativ kennt, kennt damit und bildet daraus unzählige Verbindungen, ad urbem, ad portam u. s. f. Wer das Gesetz des binomischen Lehrsatzes bei ganzen und positiven Zahlen kennt, besitzt darin die einzelnen Potenzen 1, 2, 3, 4 u. s. w. für jedes Binomium, zwar nicht unmittelbar, aber doch so, daß sie sich daraus entwickeln lassen ($\delta\upsilon\nu\acute{\alpha}\mu\epsilon\iota$). Es offenbart sich darin die Macht des Allgemeinen.

Dagegen steht die Erkenntniß des Einzelnen zurück. Wer das einzelne Urtheil weiß, weiß noch nicht das Allgemeine, weder mittelbar noch unmittelbar. Zwar ist das Allgemeine die Seele des Einzelnen und insofern kann man sagen, daß es darin liege. Wer aber nur das einzelne Urtheil weiß, weiß nicht, ob das Urtheil aus der eigenthümlichen Natur des Einzelnen oder aus seinem allgemeinen Wesen floß. Wer etwa, um zu den obigen Beispielen zurückzukehren, die Verbindungen ad urbem, ad portam u. s. w. kennt, kennt noch nicht die ausschließliche Rection von ad mit dem Accusativ, da es ja vielleicht auch noch einen andern Casus regieren könnte. Wer ein Binomium auf die zweite, dritte Potenz erhebt, hat darin noch keine Gewähr für den allgemeinen Fortschritt. Da Kepler wußte, die Bahn des Mars sei excentrisch, wußte er es noch nicht von allen Planeten. Man erkannte längst in den semitischen Sprachen, daß der Ursprung der Wörter in den Verben zu suchen sei. Aber daraus folgte nicht dasselbe für die übrigen Sprachen und es erweiterte sich diese Erkenntniß erst später zu einem Allgemeinen.

Während das Einzelne von der Wahrnehmung ergriffen wird und daher das einzelne Urtheil in den beobachtenden Sinn ausläuft, wird das Allgemeine nur gedacht, da die abgrenzende Zusammenfassung des Einzelnen zum Allgemeinen oder die erzeugende Begründung des Allgemeinen über die Wahrnehmung hinausgeht.

§. 7.

„Jedes Urtheil ist entweder ein Urtheil der Wirklichkeit oder der Nothwendigkeit oder der Möglichkeit.‟

In diesen Worten sind die Arten angegeben, welche die neuere Logik mit dem Namen des assertorischen, apodiktischen und problematischen Urtheils bezeichnet. Die darin hervortretenden modalen Kategorien des Urtheils, welche sich mit den frühern Bestimmungen verknüpfen, sind hier einfach aufzunehmen, da ihre Ableitung in die schwierigsten metaphysischen Fragen eingreift. Das Nothwendige, worauf alle logische That hindrängt, wird im Verlauf des Folgenden näher bestimmt werden. Es wird an diesem Orte hinreichen, anschaulich zu machen, wie diese Formen verschiedene Stufen der Erkenntniß bezeichnen. Man vergleiche etwa ein gram= matisches Verhältniß. Z. B. diese Conjunction ἵνα und an dieser Stelle regiert den Conjunctiv. Das Urtheil der Wirk= lichkeit ist darin an die Wahrnehmung des Einzelnen ge= bunden. Weiter sagt man, nachdem man verschiedene Stellen verglichen hat, ἵνα kann sowol den Optativ, als auch den Con= junctiv regieren. Die Reflexion ist zwar über die gebundene Wahrnehmung des Einzelnen hinaus, aber sie endet nur in ein unbestimmtes Urtheil der Möglichkeit. Endlich durchforscht man die Natur des Optativs und Conjunctivs überhaupt und stellt damit den Gebrauch von ἵνα zusammen und setzt nun die Regel fest: ἵνα muß nach historischen Temporibus den Op= tativ, nach absoluten den Conjunctiv nach sich haben. Die Ausnahmen bestätigen dabei den Grund der Regel. Der be= grenzende Begriff, der in den Grund der Sache eindringt, bedingt darin das Urtheil der Nothwendigkeit. Oder man ver= gleiche Urtheile der Geschichte, z. B. Roms Freiheit ging zur Zeit des Julius Cäsar unter, oder: Roms Freiheit mußte zur Zeit des Julius Cäsar untergehen. Oder man erinnere sich endlich der bewiesenen Sätze der mathematischen Wissenschaft. Immer wird man in solchen Fällen die dreifache Stufe der an die einzelne Thatsache gebundenen Wahrnehmung, der ver= gleichenden Reflexion und endlich des begründenden Begriffs leicht erkennen. Es ist dabei nur in einigen Fällen der Aus= druck zu unterscheiden. Ein mathematischer Satz wird in der Form des Wirklichen ausgesprochen: in den ebenen Dreiecken ist die Summe der Winkel gleich zweien rechten. Und doch steht der logische Werth, inwiefern der Satz bewiesen ist, auf der Stufe der Nothwendigkeit.

§. 8.

„Von allem Seienden ist einiges so beschaffen, daß es von keinem andern in Wahrheit allgemein ausgesagt werden kann, z. B. Kleon und Kallias und das Einzelne und sinnlich Wahrgenommene, aber von ihm anderes (denn Kleon wie Kallias sind beide ein Mensch und ein lebendes Wesen); anderes wird zwar selbst von anderm ausgesagt, aber von ihm wird vorher anderes nicht ausgesagt; anderes endlich wird selbst von anderm und anderes von ihm ausgesagt, z. B. Mensch vom Kallias und lebendes Wesen vom Menschen. Offenbar kann einiges seiner Natur nach von keinem andern ausgesprochen werden; denn fast jedes sinnlich Wahrnehmbare ist so beschaffen, daß es von keinem ausgesagt werden kann."

„Die Geschlechter werden von den Arten ausgesagt, aber nicht umgekehrt die Arten von den Geschlechtern."

Die in diesem Paragraphen ausgezogenen Stellen sind bestimmt, die inneren Verhältnisse der in einem Urtheil begriffenen Vorstellungen anzudeuten. Das Subject stellt, verglichen mit der Aussage, das Selbstständige dar, welches in seiner Thätigkeit oder seinem Wesen begriffen werden soll. Ein solches Selbstständiges ist zunächst das Einzelne (Kallias, Kleon), sodann das Geschlecht oder die Art (Mensch) als ein größeres Einzelnes gedacht.

Das Prädicat faßt dies Selbstständige in seiner Thätigkeit oder seinem Wesen auf und wird dadurch allgemeiner, z. B. die Fische athmen, das Quecksilber ist flüssig, oder höchstens von gleichem Umfange mit dem Subject. Das Letzte ist theils da der Fall, wo das unbestimmt gebliebene Einzelne bestimmt wird, z. B. der Herankommende ist Kallias, dieser Redner ist Demosthenes, theils da, wo das Wesen vollständig erklärt oder in einer ausschließend eigenthümlichen Eigenschaft bestimmt wird. Zur Erläuterung vergleiche man einen Satz, der eine specifische Eigenschaft ausspricht, wie z. B. den pytha= goreischen Lehrsatz.

Hiernach werden Begriffe, welche, wie z. B. Mensch, Geschlechter oder Arten ausdrücken, so beschaffen sein, daß sie theils als Prädicat anderes bestimmen, theils durch Prädicate beſtimmt werden. Wenn hingegen die Begriffe ſo allgemein werden, daß nichts Allgemeineres vor ihnen ſteht, das ſie ſelbſt beſtimme: ſo ſind ſie im Gegenſatz gegen das Einzelne (Jn= dividuum), das die Eine Grenze bildet, die andere Grenze, und unfähig Subject eines kategoriſchen Urtheils zu ſein ſind ſie nur noch Prädicat. Ariſtoteles hat dabei außer der Sub= ſtanz, die neun übrigen Kategorien im Sinn (§. 3.) und be= zeichnet dieſen Fall als den zweiten. „Anderes wird zwar ſelbſt von anderm ausgeſagt, aber von ihm wird vorher," ſo daß ein Allgemeineres als Definition oder Element der Definition voranginge, „anderes nicht ausgeſagt".

Aus dieſem allgemeinen Verhältniß folgt, daß das Ge= ſchlecht von ſeiner Art ausgeſagt werden kann, da es ihr Weſen ausſpricht, aber nicht eine Art von dem Geſchlecht, da eine Art das Weſen des Geſchlechts nicht erſchöpft. Man ſagt z. B. das Quadrat (Art) iſt ein Parallelogramm (Ge= ſchlecht); die Präpoſition (Art) iſt ein Formwort (Geſchlecht). Aber nicht umgekehrt. Jn Urtheilen der Möglichkeit ſcheint die Art (der engere Begriff) öfter im Prädicat zu ſtehen. Z. B. das Parallelogramm (Geſchlecht, weiterer Begriff) kann ein Quadrat (Art, engerer Begriff) ſein; das Formwort kann eine Präpoſition ſein. Jn dieſem Falle ſoll entweder das Prädicat das unbeſtimmte Subject beſtimmen, ſo daß das Subject nur durch den weitern Begriff ausgedrückt, aber nicht weiter, viel= mehr meiſtens enger, gedacht wird, vgl. z. B. dies Parallelo= gramm iſt ein Quadrat; oder der Ausdruck iſt dem parti= cularen Urtheil gleichbedeutend, wie z. B. das Parallelogramm kann Quadrat ſein und einige Parallelogramme ſind Quadrate.

Jn dem Paragraphen iſt das Verhältniß des Subjects und Prädicats im kategoriſchen Urtheil bezeichnet; und es ſchließt ſich ihm das hypothetiſche Urtheil an.

Das disjunctive übergeht Ariſtoteles und es wird hier einzufügen ſein, indem darin das Prädicat im Gegenſatz gegen das Allgemeine gerade die Arten darſtellt (vgl. Logiſche Unter=

suchungen II. S. 175.) Man vergleiche: dieser Körper ist ein
Kubus — und: die regelmäßigen Körper sind entweder Tetraeder
oder Octaeder oder Ikosaeder oder Kuben oder Dodekaeder.
Daher kann im disjunctiven Urtheile auch eine der Kategorien
Subject sein, z. B. das Quantum ist entweder continuirlich
oder discret.

§. 9.

„Es ist unmöglich, daß demselbigen dasselbe und in derselben Hinsicht zugleich zukomme und nicht zukomme. Dies ist
das festeste Princip von allen. Denn unmöglich kann jemand
annehmen, daß dasselbe sei und nicht sei. Daher führen alle
ihre Beweise auf diese Meinung als die letzte zurück."

„Alles Wahre muß mit sich selbst nach allen Seiten in
Uebereinstimmung sein. Denn mit dem Wahren steht alles
Wirkliche im Einklang, aber mit dem Falschen stellt sich bald
das Wahre in Mißklang."

Bis dahin sind die innern Verhältnisse des Urtheils erörtert worden. In dem Nächstfolgenden treten Urtheile dergestalt
in Beziehung, daß bei gleichen Begriffen des Subjects und
Prädicats ihr Unterschied in der Form der Bejahung und Verneinung liegt. Es fragt sich, wie sich solche Urtheile zu einander verhalten.

Ein Gesetz geht allenthalben durch, wo Urtheile gegen Urtheile stehen, das Gesetz der Selbsterhaltung, das in der Logik
das Princip des Widerspruchs heißt; a ist a und ist nicht
nicht-a. Es ist darin die Bestimmtheit, ohne welche sich die
Erkenntniß auflösen würde auf den letzten Ausdruck gebracht.
Wenn ein Begriff das wäre, was er ist und zugleich auch nicht
das, was er ist: so wäre alles unbestimmt und es gäbe keinen
Halt der Erkenntniß. Die Bestimmtheit ist die stillschweigende
Voraussetzung.

Aristoteles spricht das Princip real aus. Und weil die
Dinge eine Breite des Daseins haben, die es zuläßt, daß Wider-

2

sprechendes nach einander oder neben einander sei: so sucht er im Ausdruck einen untheilbaren Punkt zu gewinnen, der nur einer ist und in sich bestimmt und setzt daher hinzu: es könne nicht dasselbe etwas sein und nicht sein zugleich und in der= selben Hinsicht. Wenn Kant (Kr. d. r. V. S. 191. 2te Aufl.) den Zusatz: zugleich angefochten hat, weil die Zeit den Begriff nichts angehe: so darf man nicht vergessen, daß Aristoteles Be= griff und Ding nicht trennt und beide will, wie sie sich ein= ander entsprechen.

Die im Paragraphen mitgetheilte Begründung ist subjectiv und aus dem Erkennenden hergenommen. „Man kann nicht annehmen, daß dasselbe sei und nicht sei." Man würde sich selbst widersprechen, wenn man dasselbe bejahte und verneinte. Doch liegt in dem Annehmen („man kann nicht annehmen" 2c.) ebenso die Beziehung auf die Dinge, in welchen das Princip gefaßt wird. In der That wird es vorausgesetzt, wo man die Dinge der Erkenntniß unterwerfen will. Der Grammatiker, der die Sprache, der Physiker, der die Natur beobachtet, würde, ohne dies Princip den Dingen unterzulegen, nur verworrene Unbestimmtheit und gänzlichen Widerspruch erwarten können und die Dinge wären unerkennbar.

Die Beweise werden auf solche erste feste Punkte zurück= geführt, die nicht zugleich nicht sein können. Soll z. B. die Erklärung einer Dichterstelle dargethan werden, so ruht der Beweis unter andern auf der festen Bedeutung der Wörter und Wortformen, in welchen nicht zugleich derselbe Begriff sein und nicht sein kann.

Im indirecten Beweise tritt diese Basis deutlich hervor. Man vergleiche z. B. ohne schon hier das Wesen desselben zu bestimmen, Euklides Elemente I. 6. „Wenn in einem Triangel zwei Winkel einander gleich sind, so sind auch die diesen Win= keln gegenüber liegenden Seiten gleich." In dem Beweise läuft alles darauf hinaus, daß der Begriff der Gleichheit die Mög= lichkeit ausschließt, ein kleineres Dreieck sei gleich einem größern.

Ein Dreieck kann nicht zugleich einem andern gleich und nicht gleich (größer oder kleiner) sein.

Das Princip duldet zunächst keinen Widerspruch eines Begriffs mit sich selbst, der Prädicate des Subjectes mit dem Subjecte, eine Betrachtung, welche sich zur nothwendigen Ueber= einstimmung der Folgen mit dem Begriff als dem Grunde er= weitern läßt. Wird ferner die Erkenntniß als ein Ganzes ge= dacht, so ist dies Ganze wiederum Ein Begriff, der sich nach demselben Grundsatz nicht widersprechen darf. Dies ist nur dann möglich, wenn die Theile mit einander übereinstimmen und sich zu einem Ganzen durchdringen. Diese Forderung einer Harmonie alles Wahren spricht der zweite Absatz des Paragraphen aus.

So stimmen z. B. die geometrischen Erkenntnisse unter sich und weiter mit den arithmetischen überein; die gramma= tischen unter sich und mit den logischen. Diese Erkenntnisse be= stätigen sich wechselseitig. Was von diesen verwandten Wissen= schaften gilt, inwiefern ein gemeinsamer Ursprung sie zu einem Ganzen vereinigt, wird auch von den Wissenschaften überhaupt als einem in sich einigen Wahren gelten.

Wo sich in den Erkenntnissen ein Widerspruch hervorthut (Bejahung und Verneinung desselbigen in Einem Act), da ist das ein Anzeichen, daß in dem einen oder dem andern Gliede oder in mehreren ein Fehler liegt.

Was Aristoteles unter dem Bilde der Harmonie (ξυνάδειν) ausspricht, ist im Wesentlichen schon ein Gedanke der Pytha= goreer. In diesem Sinne heißt es in einem Fragment des Philolaus (bei Stobäus eclog. phys. I. p. 10. Heeren) „die Natur der Zahl und die Harmonie leiden keine Lüge."

§. 10—13.

„Da sich das Zukommende als nicht zukommend und das nicht Zukommende als zukommend und das Zukommende als zukommend und das nicht Zukommende als nicht zukommend

2*

aussagen läßt und ebenso in den außerhalb der Gegenwart fallenden Zeiten: so möchte es möglich sein, jegliches sowol was man bejaht, zu verneinen, als auch was man verneint, zu bejahen. Offenbar liegt also jeder Bejahung eine Verneinung gegenüber und jeder Verneinung eine Bejahung und dies Verhältniß heiße Widerspruch, Bejahung und Verneinung einander entgegengesetzt. Es heißt aber nur entgegengesetzt die Aussage desselben Prädicats von demselben Subject und nicht bloß dem gleichen Namen nach."

„Widerspruch ist eine Entgegensetzung, welche an und für sich jedes Mittlere ausschließt; Glied des Widerspruchs ist theils Bejahung als etwas zu etwas hin, theils Verneinung als etwas von etwas weg."

„Bei der Bejahung und Verneinung wird immer, mag es sich um ein Seiendes oder nicht Seiendes handeln, das eine Glied falsch, das andere wahr sein; denn daß Sokrates krank ist und daß Sokrates nicht krank ist, sind zwei Sätze, von denen offenbar der eine wahr und der andere falsch ist, sowol wenn Sokrates ist als auch wenn er nicht ist. Denn wenn er nicht ist, so ist zwar falsch, daß er krank ist, aber wahr, daß er nicht krank ist. Es wird also nur den Sätzen, welche sich wie Bejahung und Verneinung entgegengesetzt sind, eigenthümlich sein, daß der eine von ihnen immer wahr oder falsch sei."

„Was innerhalb desselben Geschlechts am meisten von einander absteht, bestimmt man als Gegensatz (Contrarium.)"

„Zwischen Widersprechendem giebt es kein Mittleres, aber zwischen Gegensätzen ist ein solches möglich."

„Eine Bejahung steht einer Verneinung im Verhältnisse des Widerspruchs gegenüber, wenn der eine Satz das Allgemeine bezeichnet, der andere, daß dasselbe nicht allgemein sei, z. B. alle Menschen sind weiß, nicht alle Menschen sind weiß; kein Mensch ist weiß, nicht alle (einige) Menschen sind weiß; im Verhältnisse des Gegensatzes die allgemeine Bejahung und die allgemeine Verneinung, z. B. alle Menschen sind weiß, kein Mensch ist weiß; alle Menschen sind gerecht, kein Mensch ist gerecht. Deswegen können diese nicht zugleich wahr sein." „Nach dem Ausdruck heißen vier Arten von Urtheilen entgegengesetzt, z. B. alle und keine, alle und nicht alle (einige), einige und keine, einige und nicht einige, aber der Wahrheit nach sind es nur drei; denn einige und nicht einige stehen sich nur dem Ausdruck nach entgegen. Von diesen drei bilden die allgemeinen, alle und keine, einen Gegensatz, z. B. alle Wissen= schaften seien gut, keine Wissenschaft sei gut; die übrigen sind (im Verhältnisse des Widerspruchs) entgegengesetzt."

Diese Paragraphen sind dazu bestimmt, die Natur der Negation in ihren wesentlichen Beziehungen zu erläutern.

Indem sich jeder Bejahung eine reine Verneinung gegen= überstellt, welche nur das Gesetzte aufhebt, bildet sich der Wider= spruch im streng logischen Sinne. Die Urtheile: dies Dreieck ist gleichseitig, dasselbe Dreieck ist nicht gleichseitig, stehen in einem solchen Verhältniß. Zwischen solchen Gliedern giebt es kein Drittes. Daher wird der indirecte Beweis unter bestimm= ten Bedingungen durch zwei sich widersprechende Urtheile an= gelegt. Das Entweder, Oder solcher Sätze wird ferner dazu benutzt, um unbestimmte Behauptungen zu schärferer Bestimmt= heit zu treiben, wie sich dazu in den sokratischen Gesprächen Beispiele finden. Das ausschließende Verhältniß des Wider= spruchs ruht auf der Bestimmtheit der Begriffe, aber diese ist aufgehoben, wenn sich ein Doppelsinn (Homonymie) einschleicht.

Von dem Widerspruch, dessen Glieder sich logisch aus= schließen ist der Gegensatz (Contrarium) zu unterscheiden (§. 11.). In der aristotelischen Erklärung liegen folgende Punkte. Die Gegensätze werden immer auf einen umfassenden Gedanken be= zogen, der sich real als Geschlecht (γένος) darstellt; und wenn in der Sphäre des Geschlechts von Richtungen und Abständen die Rede ist, so ist darin dieser umfassende Gedanke das Maß. Indem Aristoteles die Begriffe in der Ruhe auffaßte, stellte er die Gegensätze an die entlegensten Endpunkte innerhalb desselben

Geſchlechts, wie weiß und ſchwarz, Unmäßigkeit und Stumpf=
heit im Kreiſe des ſinnlichen Genuſſes, Hochmuth und Klein=
muth in Bezug auf das Selbſtgefühl des Verdienſtes und der
Ehre. Die ſchönen und ſcharfen Erörterungen in der niko=
machiſchen Ethik bieten hier Beiſpiele, die ſich leicht im ariſto=
teliſchen Sinne aus der neuern Wiſſenſchaft vermehren laſſen.
Nur wird man darauf aufmerkſam ſein, daß zur Beſtimmung
der Gegenſätze die angeſchaute Richtung der in den Begriffen
liegenden Thätigkeit und Bewegung entſcheidender wirkt, als die
Ruhe in den größten Abſtänden. Der alte Ausdruck des dia=
metralen Gegenſatzes faßt die entlegenſten ruhenden Punkte der
Figur und der neue des polaren die Richtung in der Bewegung
der Kräfte auf. Das anſchaulich zu dem Begriff hinzugefügte
Bild ſoll der logiſchen Unterſcheidung zu Hülfe kommen. Die
urſprünglich räumliche Anſchauung läßt ſich aus der Mathematik
und Phyſik in die Analogie des Geiſtigen hinein verfolgen, wie
ſie z. B. in der Grammatik hervortritt. Man vergleiche als
Beiſpiele die poſitiven und negativen Größen, die ſich in der
Rechnung zu neuen Producten ausgleichen, die Gegenſätze des
Perihelium und Aphelium in der Bahn der Erde, Kraft und
Laſt als Momente des Hebels, die Gegenſätze in dem Farben=
ring, die ſich zur Harmonie erregen, man vergleiche Sein und
Thätigkeit, die ſich im lebendigen Satze auf einander beziehen,
Begriffswörter und Formwörter, die ſich fordern, um einen Ge=
danken beſtimmt auszudrücken, Begriff der Perſonen und der
Sachen, welche die Sprache als das Selbſtthätige und Leidende
in der Wortbildung wie in den Caſus vielfach unterſcheidet.
Die ariſtoteliſchen Begriffsbeſtimmungen werden daran offenbar.
Allenthalben ſchwebt über dem Gegenſatz ein höherer Gedanke,
auf den die entlegenſten Enden des Gebietes bezogen werden;
allenthalben thut ſich der Abſtand kund. Ob dieſer der größeſte
ſei, und ob ſich zwiſchen den Gegenſätzen mittlere Erſcheinungen
denken laſſen, entſcheidet die Sache theils durch den Gedanken
des Geſchlechts theils durch die eigenthümlichen Verhältniſſe der

Arten. Zugleich gewahrt man an den Beispielen, was aus dem aristotelischen Begriff des Gegensatzes folgt, daß sich in der Macht über den Gegensatz das Ganze offenbart. Die aristotelische Begriffsbestimmung bewahrt vor der Verwechslung der Neueren, als ob jeder beliebige positive Begriff, welcher die Verneinung eines andern enthält, schon sein Gegensatz sei. Zum Anfang ist nicht die Mitte, sondern das Ende, zu α nicht β, sondern ω der Gegensatz; daher denn die Bezeichnung des A und des O (apocalyps. 1. 8.). Der menschliche Geist hat an den Gegensätzen Freude, weil er darin das Ganze anschauet und die Sprache stellt gern in der Bildung von Adjectiven jedem Adjective seinen Gegensatz in einem andern Adjectiv zur Seite (s. Becker Organism der Sprache. 2te Ausg. 1841. S. 102. ff.)

Der Begriff des Gegensatzes ist in dem logischen Contra‐ rium des allgemein bejahenden und des allgemein verneinenden Urtheils nur besonders angewandt. (alle, keine). Obgleich sich beide ausschließen, so daß das eine nicht wahr sein kann, wenn das andere wahr ist, so braucht doch nicht das eine oder das andere wahr zu sein, sondern es giebt eine dritte Möglichkeit. Z. B. alle Dreiecke sind rechtwinklig, kein Dreieck ist recht‐ winklig. Beide Urtheile sind falsch; einige Dreiecke sind recht‐ winklig.

Die Opposition des subconträren Urtheils liegt nur in dem Schein des Ausdrucks; denn wo die partikulare Quan‐ tität das Eigenthümliche der Art bezeichnet, da besteht das eine Urtheil neben dem andern. Z. B. einige Dreiecke sind recht‐ winklig, einige Dreiecke sind nicht rechtwinklig. Nur können zwei subconträre Urtheile aus denselben Begriffen nicht beide zugleich falsch sein.

In den voranstehenden Bestimmungen über Verneinung und Gegensatz liegt das Wesen dessen, was die Logik den unmittel‐ baren Schluß ex oppositione genannt hat.

§. 14.

„Da jedes Urtheil entweder ein Urtheil des Wirklichen oder des Nothwendigen oder des Möglichen ist und von diesen in jeder Modusform einige bejahend, andere verneinend sind und wiederum von den bejahenden und verneinenden einige allgemein, andere besondere, andere unbestimmt: so ist noth= wendig, daß sich bei der Aussage eines Wirklichen das allgemein verneinende Urtheil, in seinen Begriffen (Subject und Prädicat) umkehren lasse, z. B. wenn keine Lust etwas Gutes ist, so wird auch kein Gutes Lust sein. Das bejahende Urtheil muß sich zwar umkehren lassen, aber nicht allgemein, sondern theilweise (particular), z. B. wenn alle Lust etwas Gutes ist, so wird nothwendig einiges Gute Lust sein. Von den besondern Urtheilen läßt sich nothwendig das bejahende zu einem besonderen um= kehren; denn wenn einige Lust gut ist, so wird auch einiges Gute Lust sein; aber das verneinende läßt sich nicht nothwendig umkehren; denn es folgt nicht, daß, wenn einiges Lebendige nicht Mensch ist, auch einige Menschen nicht lebendig sind."

Wenn das Verhältniß des Prädicats zum Subjecte und die Beziehungen der Verneinungen in den verschiedenen For= men des Urtheils erkannt sind, so ergiebt sich daraus, unter welchen Bedingungen die Umkehrung des Urtheils möglich ist. Daher hat die sogenannte Conversion, die gewöhnlich als unmittelbarer Schluß betrachtet wird, an diesem Orte ihre Stelle, damit zugleich die vorangehenden Sätze durch ihre näch= sten Folgen Bedeutung erhalten. Aristoteles entwirft diese Lehre als eine Hülfe für die Ableitung der Modi in den Schluß= figuren und stellt sie daher in den Anfang der ersten Analytik. Aber seine Beweise der Conversion sind, streng genommen, im Einzelnen mangelhaft und beschreiben zum Theil einen Zirkel. Daher ist es am zweckmäßigsten, die Verhältnisse an diesem Orte und aus der Natur des Prädicats zu bestimmen.

In den die Arten des Urtheils zusammenfassenden Bestim= mungen, die in diesem Paragraphen der Lehre von der Umkeh=

rung vorangehen, sind die Modalität, die Qualität und die Quantität nicht neben einander gestellt, als ob der eine Gesichtspunkt den andern ausschlösse, als ob z. B. das universelle, apodiktische und positive Urtheil sich wie verschiedene Arten von einander abschieden. Vielmehr sind die Begriffe dergestalt in einander aufgenommen, daß sie zusammen zu einer vollen Gestalt verschmelzen. Wenn z. B. die Grundform das bejahende Urtheil ist, so bestimmt sich dies entweder als Urtheil der Wirklichkeit oder Möglichkeit oder Nothwendigkeit und dann wiederum als allgemein oder nicht allgemein. Dies gegenseitige Verhältniß der sogenannten Kategorien des Urtheils ist besonders hervorzuheben.

Die Conversion, obwol ein künstliches Mittel, hat für die gegenseitige Bestimmung der Begriffe, welche Subject und Prädicat bilden, einigen Werth; und im System dient dazu, wo sie möglich ist, besonders die Umkehrung allgemeiner Gesetze.

Allgemein verneinende Urtheile lassen sich schlechthin umkehren, da in denselben die Bestimmungen des Subjects und Prädicats völlig aus einander fallen. Z. B. kein rechtwinkliges Dreieck ist gleichseitig; kein gleichseitiges Dreieck ist rechtwinklig. Kein Kreis ist kleiner als das eingeschriebene Polygon, kein Kreis ist größer als das umschriebene Polygon; was kleiner als das in den Kreis eingeschriebene und größer als das umschriebene Polygon ist, ist nicht der Kreis. Die Conversion negativer Sätze wird daher nicht erst bewiesen. Da jedoch in den Wissenschaften die Erkenntniß des positiven Wesens erstrebt wird, aus dem die Verneinungen von selbst folgen, so begegnet man im Systeme solchen ausdrücklich verneinenden Sätzen seltener. Aber wo sie sich finden, wie in einem verbietenden Gesetze, verstehen sich die Umkehrungen von selbst. Z. B. kein Richter soll bescholten sein, kein Bescholtener soll Richter sein.

Da gewöhnlich das Prädicat weiter als das Subject ist (§. 8.), so folgt aus der Form des allgemein bejahenden Urtheils nur eine Umkehrung unter Beschränkung der Quantität. Man vergleiche den geometrischen Satz: Wenn Dreiecke gleiche Grundlinien und gleiche Höhen haben, sind sie an Flächeninhalt gleich. Dieser Satz läßt sich nicht allgemein umkehren: Wenn Dreiecke gleichen Flächeninhalt haben, sind auch ihre Grund= linien und Höhen gleich; denn die Höhen können sich in die= sem Falle auch umgekehrt wie die Grundlinien verhalten. Aber wo in einem allgemein bejahenden Satze schlechthin eine Um= kehrung möglich ist, was eines besondern Beweises aus dem eigenthümlichen Inhalt bedarf: da sind die beiden Begriffe des Subjects und Prädicats nothwendig und ausschließend mit einander verknüpft und sie decken sich gleichsam gegenseitig. Daher sind allgemeine Sätze, die auch umgekehrt gelten, von hervorstechender Bedeutung und umfassender Anwendung. Man vergleiche in den Elementen der Geometrie die Sätze: in jedem gleichschenkligen Dreieck sind die beiden Winkel an der Grundlinie gleich, und umgekehrt, wenn in einem Dreieck zwei Winkel einander gleich sind, so ist das Dreieck gleichschenklig (Euklid. Elem. I. 5. u. 6.); man vergleiche die Sätze von den Parallelen (I. 27 ff.), endlich den pythagoreischen Lehrsatz und dessen Umkehrung (I. 47. 48.); oder in der Arithmetik das Grundgesetz der geometrischen Proportion (VII. 19.). Wo in der Sprache Ein Begriff nur Ein Wort und Eine Form nur Eine Bedeutung hat, da findet dasselbe Verhältniß Statt und solche Fälle geben ähnlich, wie jene Sätze, der Erkenntniß besondern Halt.

Das besonders bejahende Urtheil wird zwar schlechthin umgekehrt, aber auf eine sehr äußerliche Weise. Weil einige Lust etwas Gutes ist, so ist auch einiges Gute Lust. Die Begriffe fordern sich gegenseitig theilweise.

Die Umkehrung des besonders verneinenden Urtheils ist zweideutig, in einzelnen Fällen richtig, in andern nicht. Daher kann sie aus dem Einen Urtheil allein nicht gestattet werden.

Die beiden letzten Fälle haben in der Wissenschaft, die

sich mit dem Allgemeinen beschäftigt, wenig oder gar keine Anwendung.

Das Nähere über die Conversion siehe Logische Unter=suchungen **II.** S. 227 ff.

§. 15—20.

In dem vorangehenden ersten Abschnitt wurden das Ur=theil und dessen Elemente für sich allein behandelt. Die Ur=theile genügen indessen nicht für sich, um eine Erkenntniß zu begründen.

Daher geschieht in den nächsten Paragraphen ein Vorblick auf das Ziel alles Urtheilens, auf die Richtung alles Erken=nens (§. 15—19.). Aus dem Begriff und den Bedingungen des Wissens entspringt der doppelte Gang des Erkennens (§. 20.), der dann im Einzelnen ausgeführt wird (§. 21—44.). Ohne solche einleitende Bestimmungen würden Schluß und In=duction nur wie ein Factum auftreten, aber in ihrer Entste=hung nicht begriffen werden. Es kam in den Umrissen nicht darauf an, dem Gange einer bestimmten aristotelischen Schrift zu folgen, sondern die Züge des Ganzen im innern Zusammen=hang zu entwerfen.

„Was gesucht wird", so lauten die Paragraphen, „ist der Zahl nach dem, was wir wissen, gleich. Wir suchen aber vier Dinge, das Daß, das Warum, ob es ist, was es ist. Denn wenn wir suchen, ob dieses oder das ist, indem wir die Sache in die Zahl der Eigenschaften hineinziehen, z. B. ob die Sonne sich verfinstert oder nicht, so suchen wir das Daß. Dies zeigt sich an Folgendem. Wenn wir nämlich fanden, daß sie sich verfinstert, so sind wir beruhigt und wenn wir von Anfang an wissen, daß sie sich verfinstert: so suchen wir nicht, ob sie sich verfinstert. Wenn wir das Daß aber wissen, so suchen wir das Warum und Woher, z. B. wenn wir wissen, daß sie sich ver=finstert und daß sich die Erde bewegt, suchen wir, warum und woher sie sich verfinstert und warum und woher sie sich bewegt.

Dieses suchen wir nun so, einiges aber suchen wir auf eine andere Weise, z. B. ob ein Centaur, oder ob Gott ist oder nicht ist. Den Ausdruck aber, ob er ist oder nicht ist, meine ich schlechthin, aber nicht, ob er weiß oder nicht weiß ist. Wenn wir aber erkannt haben, daß etwas ist, so suchen wir, was es ist, z. B. was ist denn Gott, oder was ist ein Mensch."

„Es ist ein Unterschied, das Daß und das Warum zu wissen. Die Erkenntniß des Warum bezieht sich auf die nächste Ursache. Es ist das Vornehmste des Wissens, das Warum zu betrachten."

„Wir meinen dann jedes Einzelne schlechthin zu wissen, wenn wir die Ursache, durch welche das Ding ist, zu erkennen meinen und zwar sowol daß sie davon Ursache ist als auch daß sich dies nicht anders verhalten könne."

„Alles Lehren und alles vernünftige Lernen geschieht aus einer vorangehenden Erkenntniß. Dies ist offenbar, wenn man die Wissenschaften betrachtet. Denn die mathematischen entstehen auf diese Weise und jede der übrigen."

„Früheres und Erkennbareres hat (dabei) eine doppelte Bedeutung. Denn es ist der Natur nach Früheres und Früheres in Bezug auf uns nicht dasselbe, noch was (an und für sich) erkennbarer ist und für uns erkennbarer. In Bezug auf uns Früheres und Erkennbareres heißt was dem Sinne näher liegt, aber schlechthin Früheres und Erkennbareres was entfernter. Am entferntesten liegt das am meisten Allgemeine, am nächsten das Einzelne."

„Wir empfangen hiernach alle Gewißheit entweder durch Schluß oder aus Induction. Wir lernen entweder durch Induction oder Beweis. Der Beweis geschieht nämlich aus dem Allgemeinen, die Induction aus dem Besondern."

Zu §. 15. u. 16.

Die Punkte: Daß, Warum, Ob, Was (τὸ ὅτι, τὸ διότι, εἰ ἔστι, τί ἐστιν) bezeichnen die wesentlichen Richtungen der Erkenntniß.

Zunächst ist die Frage, ob etwas ist (an sit bei den rö=
mischen Rhetoren und Juristen) eine Frage, welche die Vor=
stellung und die Wirklichkeit mit einander vergleicht. Es ist die
Frage der kritischen Skepsis, indem etwas, das in der Vor=
stellung anticipirt ist, möglicher Weise nur Vorstellung ist. Es
liegt dabei bereits ein Was ($τί\ ἐστι$) in der Vorstellung vor,
aber noch nicht in der Wirklichkeit. Die Frage, ob es ein Er=
kennen, ob es einen Gott gebe, kann erst dann aufgeworfen
werden, wenn der Begriff bereits als Begriff eine Bedeutung
hat. Das $εἰ\ ἔστι$ trifft entweder ein Ding (die $οὐσία$) und es
wird dann schlechthin ($ἁπλῶς$) verstanden, oder, wenn dies
vorausgesetzt wird, eine Thätigkeit oder eine Eigenschaft des
Dinges, kurz eine der andern Kategorien. Jenes deutet
Aristoteles mit dem Beispiel an, ob es einen Gott, einen
Centauren gebe; dieses mit dem Beispiel, ob die Sonne sich
verfinstere oder nicht. Die Antwort auf beide Fragen giebt den
Bestand, das Daß ($τὸ\ ὅτι$, quod est nach dem scholastischen
Ausdruck).

Von der festgestellten Thatsache geht die Frage zum Wesen
derselben fort ($τί\ ἐστιν$), indem sie in ihrer Einheit und ihrem
eigenen Unterschiede, gleichsam in ihrer Selbstbegrenzung auf=
gefaßt wird. Z. B. was ist das dekadische Zahlensystem, was
ist die Octave, was ist ein Casus, was ist das Wesen des
Menschen u. s. w. Diese Frage geht, wenn sie genügend
beantwortet wird, in den Grund zurück, in das Woher und
Warum ($τὸ\ διότι$), da nur aus der Nothwendigkeit des Grun=
des das Wesen der Erscheinung begriffen wird. Dieser Zu=
sammenhang wird unten §. 60. erläutert.

Wie die eine Frage die andere in dieser Reihenfolge er=
zeugt, so bestätigen sie sich rückwärts und durchdringen sich in
der vollendeten Erkenntniß. Die Untersuchung des $τί\ ἐστι$ führt
das $ὅτι$ in seine eigenen Offenbarungen ein und bejaht es da=
durch in seinen einzelnen Bestimmungen. Das $διότι$, die Noth=
wendigkeit des Grundes, zwingt gleichsam das Ding zu sein
und stellt dadurch das $ὅτι$ außer Frage.

Wenn man das skeptische εἰ ἔστι abrechnet, das meisten=
theils mitten in den Selbstbekräftigungen der sich der Anschauung
hingebenden Thatsachen (des ὅτι) nicht aufkommt: so bezeichnen
das ὅτι und τί ἔστι und διότι die Stadien der sich entwickeln=
den Erkenntniß sowol in dem Geiste des Einzelnen als auch in
dem großen Gange der Wissenschaften. Beispiele erläutern das
Gesagte leicht. Herodots Geschichten sind Erkundigungen (ἱστορίαι),
die als solche das ὅτι betreffen und sich daher meistens mit un=
befangenem Glauben oder ebenso unbefangenem Zweifel in dem
εἰ ἔστι und τί ἔστι bewegen. Aber von selbst meldet sich in
seinem betrachtenden Geiste die Richtung auf das διότι, mag
er in der Natur z. B. nach der Ursache des anschwellenden Nils
fragen (II. 19 ff.), und selbst in den Erzeugungen der Thiere
die τοῦ θείου προνοίη (III. 108.) anerkennen, oder mag er
in der Erzählung der menschlichen Dinge z. B. beim Krösus
und Solon (I. 30 ff.) das ethische διότι durchblicken lassen oder
das Göttliche ahnden, das alles Uebermaß ausgleicht (I. 34.
u. sonst.). Was hier in der individuellen Gestalt Eines Gei=
stes erscheint, das stellt, von der Beschränkung befreiet, die Wis=
senschaft in der That des zusammenwirkenden menschlichen Ge=
schlechtes, wie in größeren Abmessungen dar. Was in Herodot
erscheint, zeigt sich zunächst in der forschenden Geschichte über=
haupt, dann in allen Wissenschaften.

Aristoteles Schriften stellen uns solche verschiedene Stadien
der sich entwickelnden Erkenntniß dar. Einige sind der Beob=
achtung des Factischen gewidmet und gewinnen die sichere Basis
des ὅτι. Daher trägt z. B. die Thiergeschichte den bezeich=
nenden Namen περὶ τὰ ζῷα ἱστορίαι, der an Herodots Er=
kundigungen erinnert. In demselben Kreise gehen andere Schrif=
ten in das τί ἔστι und διότι tiefer ein z. B. περὶ γενέσεως
ζῷων, περὶ ζῴων μορίων und das treffliche erste Buch der
letztern Schrift knüpft sogar das διότι des Lebendigen an die
ersten Gründe an. Wenn sich diese Schriften in den Natur=
wissenschaften, wie das ὅτι und διότι zu einander verhalten,

so mögen die bis auf einige Fragmente verloren gegangenen πολιτεῖαι zu der Politik in einem ähnlichen Verhältnisse gedacht werden. Wenn eine Schrift, wie die Charaktere des Theophrasts, das ethische ὅτι in sprechenden Zügen auffaßt, so beschäftigt sich dagegen eine Schrift, wie Aristoteles nikomachische Ethik, mit dem τί ἐστι und διότι. Das διότι vollendet sich endlich in der Physik und Metaphysik des Aristoteles.

Auch in einzelnen Untersuchungen der Wissenschaft zeigt sich derselbe Gang. Die Probleme des Aristoteles setzen ein ὅτι voraus und fragen nach dem διότι. Die ganze Form der Schrift zeigt diesen logischen Uebergang unverkleidet. Warum fragt z. B. ein Problem (**XV. 3.**), warum zählen alle Men=schen, Barbaren und Hellenen, bis zu zehn, und nicht bis zu einer andern Zahl, z. B. 2, 3, 4, 5 und verdoppeln dann wieder ein fünf, zwei fünf, wie eilf, zwölf, oder warum gehen sie nicht weiter als zehn und verdoppeln dann erst? In dieser Frage wird die Thatsache, daß das dekadische Zahlensystem all=gemein sei, vorausgesetzt; eine scheinbare Ausnahme wird weg=geräumt; denn wenn ein Stamm der Thraker nur bis vier zählt, weil sie sich, wie die Kinder, nicht weiter besinnen können und daher auch nicht mehr Zahlen gebrauchen: so fangen sie über=haupt nicht wieder von vorn an und haben gar kein Zahlen=system. Wenn nun die Thatsache (das ὅτι mit dem τί ἐστι) feststeht, so wird der Grund gesucht; denn da „alle und zwar immer nach 10 zählen", so geschieht es nicht von Ungefähr. Aristoteles entwirft die Möglichkeit mehrerer Gründe theils solche, die an pythagoreische Betrachtungen streifen, theils solche, die in den geometrischen Configurationen der Zahlen liegen, endlich den einfachen Grund, der in den 10 Fingern der Hände den leib=lichen Determinismus des ganzen geistigen Calculs findet. „Die 10 Finger sind die natürlichen Rechensteine, welche alle Men=schen gleicher Weise besitzen."

In dem Phänomen, daß einige Körper auf dem Wasser schwimmen, antwortet die Erfahrung auf die Frage, εἰ ἔστι.

Wird diese näher dahin bestimmt, daß Körper schwimmen, die in gleicher Masse leichter als Wasser sind, so schreitet das ὅτι zum τί ἐστι vor. Und wenn Archimedes in seiner Schrift über die schwimmenden Körper (περὶ τῶν ὀχουμένων vgl. Satz 3 ff.) die Nothwendigkeit aus dem Begriff des flüssigen Wassers (Hy= pothesis 1.) und dem daraus hervorgehenden Streben nach durchgängigem Gleichgewicht ableitet, inwiefern die kleinsten Theile alle unter einander schon durch den geringsten Druck beweglich werden und daher jeder Druck von einem Theile allen andern mitgetheilt werde: so hat er den forschenden Geist im διότι beruhigt. — Ein ähnliches Beispiel kann von dem Ge= setz des gradlinigen Hebels hergenommen werden. Zwei Ge= wichte sind im Gleichgewicht, wenn sie sich umgekehrt verhalten, wie ihre Entfernung vom Unterstützungspunkt. Man vergleiche Aristoteles Mechanik K. 4. u. K. 21. mit Archimedes in der Schrift über das Gleichgewicht (περὶ τῶν ἰσορροπικῶν zu Anfang). Die präcise Bestimmung des Gesetzes (des τί ἐστι) springt erst mit dem aufgefundenen Grunde hervor.

In der Grammatik zeigt die Wahrnehmung die Thatsache z. B. des Accusativs mit dem Infinitiv (das ὅτι), die Beob= achtung erforscht in dem mannigfaltigen Gebrauch sein Wesen (das τί ἐστι), die Erklärung führt seine schwierige Erscheinung auf den Grund zurück (das διότι), wenn sie sie etwa aus dem Casusverhältniß des Factitivs zu verstehen sucht (Becker, Or= ganism der Sprache. 2. Ausg. 1841. §. 84.).

In allen diesen Fällen geben die Fragen den Zug des forschenden Geistes kund.

Endlich bemerke man etwa, wie die Kritik, die die Aecht= heit einer Lesart, einer Stelle zu erwägen hat, die Frage εἰ ἔστιν, die ihr vorliegt, wenn sie von äußeren Zeugnissen weg= sieht, lediglich daraus beantwortet, ob sich das τί ἐστι dessen, was in Frage steht, auf ein διότι gründe. Das ὅτι wird aus dem Wesen und aus dem Grunde entschieden.

So durchdringen sich auch factisch in den Wissenschaften

die von Ariſtoteles bezeichneten Fragen der Erkenntniß. Wenn man die hier angegebenen Betrachtungen in den einzelnen Disciplinen verfolgt, ſo gewährt das ein Mittel, den Standpunkt und die Methode derſelben aufzuhellen.

Zu §. 17.

In den vorangehenden Fragen, deren Beantwortung die Erkenntniß verlangt, ſind Stufen des Wiſſens angedeutet. Was es ſchlechthin und in der Vollendung ſei (ἁπλῶς), wird in dem vorliegenden Paragraphen beſtimmt. Und zwar werden als Charaktere Grund der Sache und Nothwendigkeit bezeichnet.

Was den Grund der Sache betrifft, ſo ſchließt er erſt die Einſicht in das Werden und Weſen der Sache auf, und alles Wiſſen ohne Grund iſt kein eigentliches Wiſſen und giebt höchſtens die Gewißheit des Factums; es iſt kein begreifendes Wiſſen, ſondern nur ein Auffaſſen, oft nur, um mit Plato zu reden, eine ἄλογος τριβή. Wer, wie ein Kaufmann, um ein Beiſpiel des Spinoza zu gebrauchen, die Regeldetri auflöſt, findet, wie er eben eingeübt iſt und oft die Probe gemacht hat, die vierte Proportionalzahl einer geometriſchen Proportion; aber erſt wer den Grund des Verfahrens erkannt hat, weil nach der Geneſis der geometriſchen Proportion das Product der äußern Glieder dem Producte der mittlern gleich iſt, iſt in dieſer Sache wahrhaft ein Wiſſender (de intellectus emendatione p. 421. ed. Paul.). Die Auflöſung der Aufgabe, ein gleichſeitiges ebenes Dreieck zu conſtruiren, iſt bei Euklides (Elem. I. 1.) aus dem Grund der Sache bewieſen. Die Thatſache der Sonnenfinſterniß wird beobachtet und die Beobachtung giebt ein Wiſſen im untergeordneten Sinne; aber es wird erſt ein Wiſſen ſchlechthin, wenn die Sonnenfinſterniß aus den Bedingungen, die ſie erzeugen (aus dem Schattenkegel des Mondes) begriffen wird. Erſt ſeit Archimedes begreift die Phyſik, daß Körper auf dem Waſſer ſchwimmen, erſt ſeit Galilei daß ſich die Räume in der beſchleunigten Bewegung des freien

Falles wie die Quadrate der Zeiten verhalten; denn beide leiteten die Erscheinung aus den hervorbringenden Bedingungen und dem vollen Grunde ab. Erst auf solche Weise wissen wir im letzten Sinne. Vorher kann es eine Kenntniß, aber keine wissende Erkenntniß geben. Auf andern Gebieten ist es nicht anders. Das Verständniß einer Stelle ruht, wenn man von der bloßen Gewöhnung und Einübung wegsieht, auf dem Grunde, wodurch Verständniß überhaupt erst möglich wird, auf der Voraussetzung eines denkbaren Gedankens, auf der allgemeinen Bedeutung der Wörter, der Wortformen und ihrer Fügung. Wo Ereignisse der Weltgeschichte nicht bloß einzeln aufgefaßt, sondern im Zusammenhang begriffen werden, erhellt der Sinn derselben Bestimmung.

Wenn zweitens die Ueberzeugung gefordert wird, daß sich die Sache nicht anders verhalten könne: so ist darin zunächst die Nothwendigkeit bezeichnet und zwar nach ihrem negativen Charakter. Ob sich etwas anders verhalten könne, wird durch den Versuch entschieden, den man mit der Annahme des widersprechenden Gegentheils macht. Dieses Experiment des indirecten Beweises besteht in der consequenten Verkettung dessen, was nicht ist, bis es sich als das erweist, was nicht sein kann.

Wie sich nun überhaupt die wenigstens von Einer Seite subjective Nothwendigkeit und der objective Grund vereinigen können, geht in eine tiefere Untersuchung der modalen Begriffe ein, die hier abzulehnen ist. Vergl. Logische Untersuchungen **II. S. 97 ff.**

Aber in der That hat sich unsere Erkenntniß verhältnißmäßig nur in wenigen Punkten bis zu der Verschmelzung des doppelten Charakters des Wissens erhoben. Wo nur der äußere Erkenntnißgrund wie ein bloßes σημεῖον, wo nur der indirecte Beweis herrscht, da kann zwar der einen Forderung der Nothwendigkeit genügt sein, aber nicht der andern, die den hervorbringenden Grund der Sache verlangt. Man vergleiche solche Beispiele selbst in den strengsten Wissenschaften, etwa Euklid.

Elem. I. 27. Zwei gerade Linien, mit denen eine dritte schnei=
dende gleiche Wechselwinkel bildet, sind parallel. Es wird be=
wiesen, daß diese Sache sich „nicht anders" verhalten könne;
denn gesetzt die beiden geraden Linien wären nicht parallel, so
träfen sie einander und bildeten ein Dreieck. Dann würde der
eine der Wechselwinkel (als der äußere des entstehenden Drei=
ecks) größer sein müssen als der andere (einer der Gegenwinkel
des äußern) [nach Satz 16], was gegen die Voraussetzung liefe.
Indessen wird hierin der hervorbringende Grund der Sache
nicht aufgefaßt. Denn die gleichen Wechselwinkel erzeugen aus
sich die Parallelen, ohne sich darum zu kümmern, was sonst
entstehen würde, wenn sie eine Schneidung zuließen; und doch
bezeichnet der Beweis nur diese Seite.

So hat Aristoteles selbst über den factischen Bestand hin=
aus die Absicht und das Ziel des Erkennens bezeichnet.

Zu §. 18. 19. 20.

Da jedes verständige Lehren und Lernen aus einer vor=
angehenden und bekannten Erkenntniß geschieht, wie die metho=
dische Mathematik an jedem Beispiel zeigt und alle Wissenschaft
bestätigt: so fragt es sich, welcherlei diese vorangehende und
bekanntere Erkenntniß sei; und zwar ist sie entweder ein Frü=
heres in Bezug auf die schaffende Natur (ein Allgemeines) oder
ein Früheres für uns (ein Einzelnes). Dadurch ergiebt sich
denn ein doppeltes Verfahren der Erkenntniß, Syllogismus
(Deduction) und Induction.

Was die Wahrnehmung uns unmittelbar zuführt, die Viel=
heit des Einzelnen, ist für uns das Erste; was der Gedanke
im Grunde der Dinge findet, die hervorbringende Einheit des
Allgemeinen, ist für die schaffende Natur das Ursprüngliche,
das der Natur nach Erste. Und wenn Aristoteles zwar
jenes das uns Bekanntere nennt, da wir mitten in die erschei=
nende Welt eingetaucht sind, aber dieses das schlechthin und
der Natur nach Bekanntere und Erkennbarere: so liegt darin

stillschweigend eine Ansicht, die nicht aus der Einheit einer blinden Kraft, sondern eines schaffenden Gedankens die bunte Mannigfaltigkeit der Dinge entwirft. Doch ist dies Letzte nur ein Seitenblick, der von der logischen Frage in's Metaphysische führen würde. Alle Wissenschaften können Beispiele für den Gegensatz des uns und des der Natur nach Früheren liefern. Die aus der Topik (VI. 4.) angeführte Stelle ist für die Ansicht einer genetischen Geometrie im Sinne des Aristoteles bedeutsam. Wenn man den Punkt für die Grenze einer geraden Linie und die Linie für die Grenze einer Ebene erklärt: so erklärt man aus dem, was uns zunächst liegt; aber man würde darnach folgerecht den aus der Erfahrung entnommenen handgreiflichen Körper auch in der Wissenschaft zuerst und vor der Lehre von den ebenen Figuren behandeln müssen. Dem Namen der Prim= zahlen (ἀριϑμοὶ πρῶτοι vgl. §. 57. Euklid. El. Buch 7.) ist noch die Spur des natura prius eingedrückt. Die sammeln= den Naturwissenschaften bewegen sich in dem, was uns das Nächste ist; die begreifende Physiologie schafft der Natur nach aus dem, was ihr das Erste ist. Die Physik der Erfahrung beobachtet zunächst, was uns erkennbarer ist; aber wenn sie aus der Natur der Sache die Erscheinung begreift, so erkennt sie das schlechthin Erkennbarere, gleichsam den Gedanken der Natur. So entwarf, um an ein früheres Beispiel zu erinnern, Archimedes aus dem Begriff des Flüssigen die Erscheinung der schwimmenden Körper und die Verhältnisse ihrer verminderten Schwere. Ausdrücklich setzte er die Natur des Flüssigen zur Basis der Beweise. Die uns allein aufbehaltene lateinische Uebersetzung seiner Schrift περὶ ὀχουμένων (de iis quae ve- huntur in aqua) beginnt mit der Hypothesis: ponatur humidi eam esse naturam, ut partibus ipsius aequaliter jacen- tibus et continuatis inter sese minus pressa a magis pressa expellatur u. s. w. Die Maschinen, die in neuerer Zeit auf dies Gesetz, daß die Theile des Wassers schlechthin ver=

schiebbar sind und sich daher der Druck von einem zu allen fortpflanzt, gegründet sind, wie z. B. die Brahmasche Presse, sind aus dem Gedanken des πρότερον τῇ φύσει erfunden, wie jede Erfindung, die nicht ein Spiel des Zufalls oder das Erzeugniß eines blinden Tastens ist, einen Blick in ein solches Ursprüngliches und eine Verwendung desselben voraussetzt.

Aus der Erfahrung wissen wir, daß sich für unser Auge die parallelen Linien von Straßen, Baumreihen, Säulengängen, von einem Ende gesehen, einander zuneigen; und die alten Skeptiker finden in diesem Zwiespalt zwischen Wirklichkeit und Erscheinung einen Grund des Zweifels (Sext. Empir. hypotyp. Pyrrh. I. §. 118.). Sie treiben sich dabei, wie es die ganze Skepsis thut, in dem πρότερον πρὸς ἡμᾶς herum. Aber schon die alten Optiker (z. B. Euklid. Opt. Satz 6.) erkennen das Phänomen aus dem allgemeinen Grunde des sich verengenden Sehwinkels (aus dem πρότερον τῇ φύσει) und lösen dadurch den Vorwurf einer willkürlichen Entstellung. Der Schein selbst wird nun dergestalt von der Wirklichkeit gefordert, daß vielmehr nur das Gegentheil einen Zweifel erregen könnte. In der Perspective des Zeichners wirkt er sogar beziehungsweise als ein πρότερον τῇ φύσει; er ist der mitwirkende Grund der richtigen Zeichnung.

Die Formen, die wir an den Substantiven als Casus unterscheiden, sind σημεῖα innerer logischer Verhältnisse; wir erkennen aus ihnen den Gedanken als aus einem πρότερον πρὸς ἡμᾶς. Wenn wir aber umgekehrt die Nothwendigkeit der Casus aus der Thätigkeit der Verben verstehen, die für sich unvollständig die Ergänzung einer Richtung fordert, oder wenn wir in einem bestimmten Satze die Nothwendigkeit dieses oder jenes Casus aus dem Gedanken beurtheilen: so leitet uns das πρότερον τῇ φύσει.

Der Eindruck des Kunstwerks, das uns entgegentritt, z. B. der Propyläen mit ihrer ernsten Säulenreihe, ist das πρότερον πρὸς ἡμᾶς; aber die schöpferische Idee, die sich in diesem Material, in diesen Formen Dasein giebt, z. B. der Zweck und die Stimmung, die in dem Gebäude zur Erscheinung kommen, bilden das πρότερον τῇ φύσει.

Wollen wir die Begriffe zur größesten Betrachtung aus= dehnen, so stellen wir zwei Ansichten der Weltbildung entgegen. Die ältesten ionischen Physiologen wollen die Welt aus einem einfachen sinnlichen Urgrunde begreifen (einem πρότερον πρὸς ἡμᾶς). Aber Plato entwirft die Welt aus dem ersten Gedan= ken Gottes (dem πρότερον ἁπλῶς); „er war gut und außer dem Neide, und wollte, daß die Welt ihm so ähnlich als mög= lich sei."

In dem Vorangehenden ist der Gegensatz dessen, was uns zunächst liegt und was für die Natur das Erste ist, erläutert worden. Der Anfangspunkt und die Richtung der Betrachtung stellen ihn deutlich dar. Jedoch ist er in diesen größern Bei= spielen nicht rein und ungemischt vorhanden. Denn indem die Erkenntniß von dem anhebt, was uns das Erste ist, von dem Einzelnen und Unmittelbaren, schreitet sie zugleich nur durch allgemeinere Erörterungen fort, die relativ von dem entgegen= gesetzten Punkte ausgehen.

Wird nun das für uns und das der Natur nach Erste scharf und rein gefaßt, so ist jenes das Einzelne, dieses das Allgemeine. Daher ergeben sich dem Aristoteles zwei Methoden, die Induction, die das Einzelne zu einem Allgemeinen sum= mirt, und der Syllogismus, der aus dem Allgemeinen das Wesen des Besonderen feststellt.

Es mag auffallen, daß das aus dem schlechthin Frühern erkennende Verfahren unmittelbar in den Syllogismus, das aus dem Einzelnen und für uns Ersten erkennende Verfahren unmittelbar in die Induction umgesetzt wird. Syllogismus und Induction mögen zu eng erscheinen und gegen jene allge= meine Unterscheidung zurückbleiben.

Zur Erläuterung dient Folgendes. Daß der Syllogismus aus dem Allgemeinen, die Induction aus dem Einzelnen ge=

schießt, lehrt jedes Beispiel. Das Allgemeine ist ferner in
unserer Erkenntniß ein Letztes, nicht ein Erstes (πρότερον
πρὸς ἡμᾶς), da unsere Erkenntniß mit der Wahrnehmung des
Einzelnen anhebt; es ist aber für die Natur ein Erstes, wenn
sie aus einem Gedanken, der immer allgemein ist, schafft. Das
Einzelne hingegen ist unter derselben Voraussetzung für die
schaffende Natur ein Letztes, für uns ein Erstes. Wo also der
Syllogismus Statt hat, da wird aus einem der Natur nach
Ersten, wo die Induction, umgekehrt geschlossen. Aber, darf
man fragen, ist denn das der Natur nach Erste immer und
solchergestalt ein Allgemeines, daß daraus im Verfahren des
erkennenden Geistes ein Syllogismus wird? und ist das für
uns Nächste immer und solchergestalt ein Einzelnes, daß es im
Verfahren des erkennenden Geistes eine Induction wird? Allerdings liegt hier mehr vorgebildet, außer dem Syllogismus und
der Induction überhaupt synthetisches und analytisches Verfahren (Logische Untersuchungen II. S. 208 ff.). Indessen darf
dies hier übergangen werden, zumal da sich der hervorbringende
Grund im synthetischen Verfahren (das **natura prius**) immer
als Allgemeines — als Obersatz eines Schlusses — darstellen
läßt, und sich da, wo das Einzelne, rein als Einzelnes in der
Begründung auftritt, die summirende Induction bildet. Das
Letzte erhellt an dem Beispiel der beschreibenden Naturwissenschaften, die sich in der sammelnden Induction bewegen. Das
Erste zeigt sich allenthalben, wo der hervorbringende Grund
(das **natura prius**) offen vorliegt. Wenn aus der Umdrehung
Eines und desselben Radius um das Centrum der Kreis entsteht: so folgt daraus sogleich, daß sich alle Radien in einem
Kreise gleich sind. Dieser Satz (Euklides Buch 1. Def. 15.)
wird Obersatz eines Syllogismus in dem Beweise zu der Auflösung der Aufgabe, auf einer gegebenen begrenzten geraden
Linie ein gleichseitiges Dreieck zu beschreiben (Euklides Elemente **I. 1.**). Oder wenn die Mondfinsterniß aus dem Schattenkegel der Erde, in welchen der Mond eintritt, als aus dem

Grunde der Sache (dem πρότερον τῇ φύσει) begriffen wird: so stellt sich darin ein allgemeines Gesetz des Undurchsichtigen und der Begrenzung des Schattens dar.

Bei dem Unterricht wird es zweckmäßig sein, die Erörterung des Analytischen und Synthetischen hier zu vermeiden, da sie für den Anfang zu schwierig ist, und einige wesentliche Bestimmungen später im größern Zusammenhang erscheinen (vgl. z. B. zu §. 62 ff.). Hier kommt es nur darauf an, den Begriff der vorangehenden und begründenden Erkenntniß durch den doppelten Begriff des Frühern zu bestimmen und aus der ihm entsprechenden doppelten Weise des Allgemeinen und Einzelnen den Syllogismus und die Induction abzuleiten.

§. 21.

Nach dem Entwurf des doppelten Verfahrens wird nun zunächst das Wesen des Schlusses dargestellt.

„Schluß ist eine Rede, in welcher, wenn etwas gesetzt wird, etwas von diesem Gesetzten Verschiedenes nothwendig dadurch folgt, daß dieses ist. Ich meine mit dem Ausdruck „dadurch daß dieses ist" daß es um seinetwillen folgt, mit dem Ausdruck aber, daß es um seinetwillen folgt, daß es keiner Bestimmung von außen her bedarf, um das Nothwendige zu ergeben."

Die vorliegende Erklärung des Syllogismus findet sich im Anfang der Analytika, und es kann zweifelhaft scheinen, ob Aristoteles sie nicht im weitern Sinne verstanden und die Induction mit darunter begriffen habe, da auch diese in der Analytik behandelt wird und bisweilen ἐξ ἐπαγωγῆς συλλογισμός heißt (analyt. pr. II. 23.). Jedoch fällt streng genommen die Induction nicht unter diese Erklärung, da sie in der That von außen her anderer Bestimmungen bedarf, um die Allgemeinheit, die sie aus dem Einzelnen erstrebt, abzuschließen. Aristoteles hat a. a. O. selbst eine solche hinzukommende Bedingung angegeben (vgl. Logische Untersuchungen II. S. 261 ff.).

Die Induction giebt an und für sich nur eine Summe, aber kein nothwendiges und abgegrenztes Allgemeines. Man wird daher die Definition, die alles ausschließt, was zur Nothwendigkeit der Consequenz noch von außen hinzuzunehmen wäre, als eine Definition des Syllogismus im engern Sinne anerkennen, und dies im Unterricht hervorheben. Um die einzelnen Momente desselben, namentlich die Nothwendigkeit der Consequenz zu erläutern, zergliedere man Beispiele, wie etwa die Schlüsse Euklid. Elem. I. 1.

§. 22. 23. 24.

„Bestimmung (Terminus) heißen die Begriffe, in welche das zu einem Schlusse gehörige Urtheil aufgelöst wird, wie sowol das Ausgesagte als auch das wovon ausgesagt wird (Prädicat und Subject)."

„Was vom Prädicate ausgesprochen wird, das wird auch alles vom Subjecte ausgesprochen werden."

„Wenn sich drei Bestimmungen (Termini) so zu einander verhalten, daß die letzte Bestimmung unter der ganzen mittlern steht und die mittlere unter der ganzen ersten entweder steht oder nicht steht, so hat nothwendig ein vollständiger Schluß der äußersten Bestimmungen Statt."

„Mittlere Bestimmung (Terminus medius) heißt, was sowol selbst unter einem andern steht, als auch ein anderes unter sich begreift — was auch der Stellung nach ein mittleres wird; die äußern Bestimmungen aber (Termini extremi) gleicher Weise sowol was nur unter einem andern steht, als auch unter welchem ein anderes steht (ohne selbst unter einem andern zu stehen)."

„Denn wenn a (P) vom ganzen b (M) und b (M) vom ganzen c (S) ausgesagt wird, so muß a (P) auch nothwendig vom ganzen c (S) ausgesagt werden. Eine solche Gestalt des Schlusses heißt die erste."

Wenn das Urtheil aufgelöst wird, so verschwinden die=

jenigen Elemente deſſelben, die nur die Form, in welcher Be=
griffe auf einander bezogen werden, ausdrücken, da dieſe nur
in dem Urtheil als einem zuſammengefaßten Ganzen etwas
bedeuten, und es bleiben nur diejenigen Begriffe, welche einen
Inhalt haben. Dieſe heißen die Termini. In dem Urtheile:
Quadrate ſind Parallelogramme, fällt bei der Auflöſung die
Copula weg, und es bleiben die Termini: Quadrat, Paral=
lelogramm.

Da nun das Prädicat den Inhalt des Subjects aus=
ſpricht, ſo muß das, was den Inhalt dieſes Inhalts bildet,
das Prädicat des Prädicats, auch der Inhalt des Subjects
ſein. Z. B. alle Quadrate ſind Parallelogramme; alle Paral=
lelogramme ſind ebene Figuren. Das Prädicat des Prädicats
(ebene Figuren) wird daher auch vom erſten Subject (Quadrat)
gelten. Was ſich in dieſem Beiſpiel allgemeiner und bejahen=
der Prämiſſen zeigt, beſchränkt ſich von ſelbſt, wenn in die
Prämiſſen eine Verneinung oder ein partifulares Verhältniß
eintritt.

Durch dies einfache Geſetz öffnet ſich die Möglichkeit, aus
der Beziehung, die in Urtheilen vorliegt, neue zu bilden, und
der Schluß verwirklicht dieſe Möglichkeit.

Am vollſtändigſten geſchieht dies in der erſten Figur.
Wenn Ariſtoteles bei der Darlegung derſelben davon ausgeht,
daß eine Beſtimmung unter der andern ſtehe: ſo iſt das nur
eine andere Anſicht deſſelben Geſetzes. Während dort der In=
halt, wird hier der Umfang; während dort das Prädiciren,
wird hier die Subſumtion aufgefaßt. Ariſtoteles führt beides
auf eine Einheit zurück. Denn was ganz in dem Umfang
eines andern Begriffes liegt, von deſſen Arten allen wird
dieſer Begriff ausgeſagt (analyt. pr. I. 1.). Das Quadrat
liegt ganz im Umfang des Parallelogramms und daher wird
von allen Quadraten das Parallelogramm ausgeſagt. Aehnlich
verhält es ſich bei der Verneinung.

Daraus ergiebt ſich genetiſch die erſte Figur des Schluſſes.

Wenn c ganz unter b und b unter a liegt, so wird b von allen c, a von allen b ausgesagt. Also kommt a als Prädicat des Prädicats allen c, dem Subjecte, zu. Der Terminus medius, in dem sich die Begriffe vereinigen, ist dabei das beziehende Band.

In dem Paragraphen (§. 24.) sind nur die beiden Hauptfälle, in welchen mittelst der ersten Figur allgemein bejahend und allgemein verneinend geschlossen wird, bezeichnet (barbara, celarent). Wenn Aristoteles den Schluß der ersten Figur den wissenschaftlichen Schluß nannte (analyt. post. I. 14.), so bewegt sich ein solcher gerade in diesen beiden Modis. Die Fälle, in welchen besonders bejahend und besonders verneinend geschlossen wird (darii, ferio), ergeben sich durch eine völlig entsprechende Betrachtung. Warum es indessen in der ersten Figur nur diese vier Modi geben könne, würde eine schwierigere und weitläuftige Frage sein, die wir von den Elementen ausschließen, obwol Aristoteles sie sorgsam behandelt hat (analyt. pr. I. 4.). Vgl. über den von ihm eingeschlagenen Weg Logische Untersuchungen II. S. 250. u. 326.

In der Logik sehen die Beispiele der Schlüsse von Aristoteles her wie gemacht und gezwungen aus. Damit man bemerke, daß das wissenschaftliche Denken stillschweigend diese Formen beschreibe, werfe man statt solcher Beispiele vielmehr einen Blick auf die beweisenden Wissenschaften.

Im Euklides bilden entweder die Axiome oder die vorangehenden Theoreme die Obersätze, zu denen der auf die Construction gegründete Beweis den Untersatz liefert. In Euklides Elementen I. 1. wird durch zwei mit gleichen Radien beschriebene, sich schneidende Kreise, die Aufgabe gelöst, über einer gegebenen Grundlinie ein gleichseitiges ebenes Dreieck zu zeichnen. Der letzte Schluß des Beweises wird so gefaßt: zwei Größen, die einer dritten gleich sind, sind auch unter sich gleich. Die beiden Radien sind der Grundlinie (einer dritten Größe) gleich. Also auch unter sich. — Der Beweis des pythagoreischen Lehrſatzes (I. 47.) läuft dahin aus, daß die beiden durch das gefällte Perpendikel entſtandenen Parallelogramme des Hypo=tenuſenquabrats als den Quadraten der Katheten gleich nach=gewieſen werden. Es geſchieht durch die ſich ergebenden gleichen Hälften. Zwei Größen, heißt es dann nach dem ſechsten Ariom, deren jede das Doppelte einer gleichen Größe iſt, ſind unter ſich gleich. Das Quadrat der einen Kathete und das eine Parallelogramm in dem Quadrate der Hypotenuſe ſind jedes das Doppelte eines gleichen Dreiecks. Alſo ſind ſie unter ſich gleich. — Das Grundgeſetz der geometriſchen Proportion wird ſo bewieſen: gleiche Factoren geben gleiche Producte. Wenn die äußern und die mittlern Glieder einer geometriſchen Pro=portion mit einander multiplicirt werden, ſo bilden ſie gleiche Factoren. Alſo ꝛc. a : ae = b : be, daher abe = aeb.

Wo die Phyſik aus der Beobachtung in die Theorie und aus der Theorie in die Demonſtration übergeht, haben ihre Schlüſſe dieſelbe logiſche Geſtalt. Nur iſt es nicht immer leicht, die ſynthetiſchen Elemente der anſchaulichen Conſtruction in das abſtracte Geſetz der Oberſätze zu verwandeln. Galilei beſtimmte in ſeinen Dialogen über die Bewegung mit geome=triſcher Präciſion, daß ein horizontal geworfener Körper, abge=ſehen von jedem Widerſtand, eine Parabel beſchreibe; und ſeine Schlüſſe, nackt und formal gefaßt, ſind Schlüſſe der erſten Figur (vgl. Galilei's Werke. Padua. 1744. de motu pro-jectorum. p. 143. f.). Meiſtens iſt ſein Beweis in ſolche Lehrbücher der Phyſik übergegangen, welche geometriſche An=ſchaulichkeit ſuchen z. B. in Kries Lehrbuch für gelehrte Schulen. Wenn Ariſtoteles aus dem phyſiſchen Gebiet die Optik als eine Wiſſenſchaft anführt (analyt. post. I. 14), die in Schlüſſen der erſten Figur fortſchreite: ſo kann ein Beiſpiel aus Euklides Optik genommen werden. Z. B. Satz 6. Parallel fortrückende Entfernungen, von einem Ende geſehen, erſcheinen immer kleiner. Den Oberſatz zu dem Beweiſe bildet die Hypo=theſis, die als Ariom benutzt wird (Theſis 6.). Alles, was unter einem kleinern Winkel gesehen wird, erscheint kleiner. Den Untersatz hingegen liefert der vorliegende Fall. Die parallel fortrückenden Entfernungen werden unter immer kleinerem Winkel gesehen. Also erscheinen sie kleiner, wie z. B. die sich scheinbar zuspitzenden Säulengänge, wenn sie von einem Ende gesehen werden.

Jede Anwendung einer grammatischen Regel geschieht in einem Schluß der ersten Figur. Nach allen verbis sentiendi, lehrt die lateinische Grammatik, steht der davon abhängige Objectivsatz im accus. c. infinitivo. Video ist ein verbum sentiendi und wird daher darunter subsumirt. Also nach video u. s. w. Volucres videmus procreationis causa fingere nidos. Wird von dem video im Allgemeinen auf dies vorliegende geschlossen: so fällt es in die specielle Anwendung, die nicht mehr, wie die Wissenschaft, in barbara, sondern in darii schließt.

Wo die Grammatik ihre Erscheinungen verstehen will, bewegt sie sich in Schlüssen derselben Art. Will sie z. B. die Entstehung der Präpositionen und Casus begreifen, so macht sie etwa folgenden Schluß. Sie setzt als Obersatz voraus: Was nothwendig gedacht wird, schafft sich auch in der Sprache einen Ausdruck. In dem Begriff der objectiven Verben wird eine Richtung auf ein Object nothwendig gedacht. Also schafft sich bei objectiven Verben der Gedanke der Richtung einen Ausdruck. Daher in der Sprache Casus obliqui und an ihrer Stelle Präpositionen. Wird der Untersatz selbst, wie nöthig ist, wiederum abgeleitet, so zeigen sich von Neuem Schlüsse der ersten Figur.

§. 25.

„Wenn derselbe Begriff einem andern allgemein, einem dritten gar nicht, oder beiden allgemein oder gar nicht zukommt: so heißt eine solche Gestalt die zweite; unter der mittleren Bestimmung (dem Mittelbegriff) versteht man darin das von

beiden Ausgesagte (das gleiche Prädicat des Unter= und Ober=
satzes). Es steht die mittlere Bestimmung (Terminus medius)
außerhalb der äußersten, der Stellung nach zuerst. Es wird
aber ein Schluß möglich sein, sowol wenn die Bestimmungen
allgemein als auch wenn sie nicht allgemein sind. Sind sie
nun allgemein, so wird ein Schluß entstehen, wenn die mittlere
Bestimmung dem einen allgemein, dem andern gar nicht zu=
kommt, unter der Voraussetzung, daß das Verneinende mit
einem derselben verbunden ist; sonst auf keine Weise. Denn
es werde das m (M) von keinem n (P), aber von allen o (S)
ausgesagt. Da sich nun der verneinende Satz umkehren läßt,
so wird auch das n keinem m zukommen (kein m ist n); das
m kam aber nach der Voraussetzung allen o zu (alle o sind m);
also das n keinem o (kein o ist n); denn das ist früher (unter
der ersten Figur) gezeigt worden. Wiederum wenn das m
allen n, aber keinem o zukommt (alle n sind m, kein o ist m),
so wird auch das n keinem o zukommen (kein o ist n). Denn
wenn das m keinem o, so wird auch das o keinem m zukom=
men (kein m ist o). Aber das m kam allen n zu (alle n
sind m). Also wird das o keinem n zukommen (kein n ist o),
denn es ist wieder die erste Gestalt geworden. Da sich aber
das verneinende Urtheil umkehren läßt, so wird auch das n
von keinem o ausgesagt werden (kein o ist n). Es wird also
derselbe Schluß sein."

„Ein bejahender Schluß geschieht in dieser Gestalt nicht,
sondern alle verneinend, sowol die allgemeinen als auch die
besondern."

In der zweiten Figur ist ebenfalls nur eine Hauptform
hervorgehoben, um daran typisch ihr Wesen zu zeigen. Wenn
bei gleichen Prädicaten der Obersatz allgemein bejahend, der
Untersatz allgemein verneinend ist oder umgekehrt — wie Ari=
stoteles in der ersten Bestimmung kurz angiebt (derselbe Begriff
komme einem andern allgemein, einem dritten gar nicht zu):
so entstehen die Modi **Camestres** und **Cesare**. Wenn hin=

gegen gleiche Prädicate allgemein bejaht oder allgemein verneint werden (derselbe Begriff komme zweien andern allgemein oder gar nicht zu): so sind zwar solche Formen Formen der zweiten Figur, aber ein Schluß ist in beiden Formen nicht möglich. Aristoteles hat in der allgemeinen Beschreibung zunächst nur die Form im Sinne, um dann die Modi auszuschließen, welche in dieser Form unmöglich sind. Der Schluß der Paragraphen enthält die Andeutung, an welche Bedingungen die Möglichkeit in der zweiten Figur zu schließen geknüpft ist. Sind beide Prämissen verneinend, so fällt der Terminus medius außerhalb des Major und Minor; und er enthält daher keine Beziehung, um in einem Schlußsatz, sei es verneinend oder bejahend, den einen zum andern zu bringen.

Der adversative Charakter dieser ganzen Figur, die nothwendige Beschränkung auf ein verneinendes Ergebniß, die aristotelische Zurückführung auf das Gesetz der ersten Figur läßt sich an dem Inhalt des Paragraphen leicht erläutern. In den Anmerkungen zu den Elementen ist der innere Grund angedeutet, warum in dieser Figur nicht bejahend geschlossen werden kann. Bei Aristoteles liegt der Beweis in der vollständigen Betrachtung der allein möglichen Modi. Vgl. Logische Untersuchungen II. S. 242. f.

Die zweite Figur ist ebenso ursprünglich als die erste und bedarf nicht einmal der Zurückführung auf die erste Figur, die Aristoteles gegeben hat und die man in concreten Fällen auf gleiche Weise zeigen möge. Man bilde nur die angegebenen Verhältnisse in bejahenden Prämissen nach, um die Unmöglichkeit eines darauf gegründeten Schlusses zu zeigen. Z. B. alle Rechtecke sind Parallelogramme und alle Quadrate sind Parallelogramme; ferner alle Parallelogramme sind geradlinige ebene Figuren, alle Rhomboide sind geradlinige ebene Figuren u. s. w. Aus der Betrachtung solcher Beispiele ergiebt sich auf eine leichte Weise, warum ein Schluß, den man unter so gestalteten Bedingungen ziehen möchte, zweifelhaft bleibt.

In den Wissenschaften hat man Beispiele da zu suchen, wo nur verneinend geschlossen wird, z. B. in den indirecten Beweisen. Man vergleiche den Schluß des die Welt beseelenden Stoikers Zeno (Cic. d. nat. De. II., 8.): Kein Bewußt= loses hat bewußte Theile; die Welt hat bewußte Theile; also ist die Welt nicht bewußtlos (festino). Wenn wir in unsern Ueberlegungen das zunächst als möglich Gebotene doch als unmöglich ausschließen: so fügen sich unsere Schlüsse in Modi dieser Figur. Wir construiren z. B. im Lateinischen eine schwierige Stelle und sind versucht, einen Hauptbegriff, der aber in einem Casus obliquus steht, zum Subject zu erheben. Da weisen wir die dargebotene Möglichkeit unter Voraussetzung der directen Rede in dem einfachen Schluß zurück (baroco). Alle Subjecte stehen im Nominativ. Dies Substantiv steht nicht im Nominativ. Also dieses Substantiv ist nicht Subject. Der Botaniker sucht eine Pflanze zu bestimmen. Der äußere Habitus führt etwa auf Solanum. Solanum, schließt er, hat 5 Staubfäden. Diese Pflanze hat nicht 5 Staubfäden (mehr oder weniger). Sie ist kein Solanum.

Aehnlich bewegt der Kritiker seine Gedanken, um eine Schrift als unächt zu erkennen. Keine Schrift des Aristoteles, schließt er etwa, enthält philosophische Mythendeutung. Aber die Schrift über die Welt enthält philosophische Mythendeutung. Also die Schrift über die Welt ist keine Schrift des Aristoteles (festino). Die Einreden (Exceptionen) im Rechtsstreit nehmen denselben Gang. Z. B. die exceptio veritatis. Alle Ver= läumdung enthält falsche Thatsachen; diese Aeußerung enthält keine falsche Thatsache; also ist sie keine Verläumdung.

Wenn man bei Euklides (Elemente I. 27.) den Beweis des Satzes vergleicht, daß zwei gerade Linien, mit denen eine dritte schneidende gleiche Wechselwinkel bildet, parallel sind: so läßt er sich in einen Schluß der zweiten Figur (camestres) fassen. Und zwar auf folgende Weise. Alle Dreiecke verhalten sich so, daß der Außenwinkel größer ist, als jeder seiner innern

Gegenwinkel. Aber keine Figur, in welcher mit zwei geraden Linien eine dritte schneidende gleiche Wechselwinkel bildet, verhält sich auf diese Weise. Also keine solche Figur bildet ein Dreieck.

In negativen Naturen gestalten sich unbewußt und vorherrschend alle Ueberlegungen zu einem Conflict der Prämissen, und daher besonders zu Schlüssen der zweiten Figur.

Dem Schluß der zweiten Figur liegt immer der Gedanke zum Grunde: was sich von dem allgemeinen Gesetz eines Begriffs ausschließt, das schließt sich von dem Begriffe selbst aus.

Um jedoch das wissenschaftliche Verfahren auf diese einfachen Formen der ersten und zweiten Figur zurückzuführen, bedarf es einer Bemerkung.

Aristoteles hat weder das hypothetische Urtheil noch den hypothetischen Schluß für sich behandelt, während sich gerade mit dem letztern die stoische Logik viel beschäftigte. Ob er diese Formen übersah oder für wesentlich einerlei mit dem kategorischen Urtheil und Schluß achtete, läßt sich nicht sogleich entscheiden. Jedoch ergiebt sich bei näherer Betrachtung eine innere Einheit. Logische Untersuchungen II. S. 248. vgl. mit II. S. 177. ff. Herbart Einleitung §. 65.

Im hypothetischen Schluß unterscheidet man gewöhnlich den modus ponens und den modus tollens. Wird der Grund bejaht, so wird dadurch die Folge bejaht; wird die Folge verneint, so wird dadurch der Grund verneint. Da sich nun Subject und Prädicat wie der eingehüllte Grund und die entwickelte Folge verhalten, so finden dieselben Verhältnisse im kategorischen Urtheil Statt. Und zwar schließt im Allgemeinen die erste Figur modo ponente, die zweite modo tollente. **Modo ponente: A** ist **B.** Aber **C** ist **A.** Also **C** ist **B. Modo tollente: A** ist **B.** Aber **C** ist nicht **B.** Also **C** ist nicht **A.** Daher wird man die hypothetischen Schlüsse auf die behandelte erste und zweite Figur zu beziehen haben.

Der Stoiker Zeno führte, um die der Welt inwohnende

Vernunft darzuthun, einen Schluß aus, der sich im Wesent=
lichen auf folgende einfache Säße gründet (Sext. Emp. adv.
math. XI. 101. ff.). Wenn ein Ganzes Vernünftiges erzeugt,
so ist das Ganze vernünftig. Die Welt erzeugt Vernünftiges
(den Menschen). Also ist das Ganze der Welt vernünftig.
Diese Form modo ponente entspricht der ersten Figur. A ist B.
Nun ist A. Also ist B.

Für den hypothetischen Schluß modo tollente, welcher
unter die aristotelische zweite Figur fällt, geben die indirecten
Beweise Beispiele. Man vergleiche Euklides Elemente I. 4.
I. 6. I. 39. u. s. w. Der Schluß I. 4. lautet: Wenn die Linie
bc über oder unter die Linie ef fallen sollte, so würden zwei
Linien einen Raum einschließen. Aber (nach dem Axiom) zwei
gerade Linien schließen keinen Raum ein. Also die Linie bc
fällt weder über noch unter ef. Obgleich hier Subject und
Prädicat zu zwei Säßen erweitert sind, zu einem ausgebildeten
Vorder= und Nachsaße: so liegt doch das einfache Schema der
zweiten Figur zu Grunde, und zwar in diesem Falle festino.
Keine zwei gerade Linien schließen einen Raum ein. Aber bc
und ef würden einen Raum einschließen. Also bc und ef
würden keine gerade Linien sein (was sie sind).

Wenn die hypothetischen Schlüsse auf die kategorischen
zurückgeführt werden, so darf man Einen Unterschied nicht
übersehen, der namentlich im indirecten Beweis deutlich hervor=
tritt. Die Hypothesis drückt nämlich bald dem Subjecte ent=
sprechend einen wirklichen Grund aus, bald aber im Gegen=
saß gegen die seßende Behauptung einer Wirklichkeit nur die
gedachte Bedingung. In beiden Fällen ist die Modalität
verschieden. In jenem Falle wird das hypothetische ins be=
hauptende kategorische Urtheil übersetzt (assertorische Modalität),
in diesem macht das hypothetische Verhältniß das Urtheil zu
einem nur möglichen (problematische Modalität). Die leben=
dige Sprache verhütet die Zweideutigkeit, indem sie im leßtern
Falle die consecutiven Partikeln vorwiegend betont.

§. 26.

„Wenn demselben Begriffe ein zweiter allgemein, ein dritter gar nicht zukommt oder auch beide demselben allgemein oder gar nicht: so heißt eine solche Gestalt die dritte. In derselben versteht man unter der mittlern Bestimmung (dem Mittelbegriff) diejenige, worauf beide Aussagen bezogen werden (das Subject beider Prädicate), unter den äußersten Bestimmungen das Ausgesagte. Es steht der Mittelbegriff außerhalb der äußersten Bestimmungen, der Stellung nach zuletzt. Es wird ein Schluß möglich sein, wenn die Bestimmungen in Bezug auf den Mittelbegriff sowol allgemein als auch nicht allgemein sind."

„Sind die Bestimmungen allgemein, so wird, wenn sowol p (P) als r (S) von allen s (M) ausgesagt werden, von einigen r (S) nothwendig p (P) ausgesagt werden. Denn da sich der bejahende Satz umkehrt, so wird von einigen r s ausgesagt werden (einige r sind s). Da also von allen s p (alle s sind p), von einigen r s (einige r sind s) ausgesagt wird: so ist es nothwendig, von einigen r p auszusagen (einige r sind p). Denn es wird ein Schluß in der ersten Figur."

„Durch diese (dritte) Figur wird man das Allgemeine weder bejahend noch verneinend erschließen können."

Die im Anfang gegebene Beschreibung der dritten Figur ist insofern ungenau, als kein Schluß erfolgen würde, wenn beide Prädicate einem und demselben Subjecte abgesprochen würden; denn bloß verneinende Prämissen ergeben nichts. Indessen ist dies daher zu erklären, daß Aristoteles zunächst nur die äußere Gestalt der dritten Figur bestimmt, ohne bereits darauf zu sehen, welche Modi möglich sind.

Als Typus ist der bedeutendste Modus herausgehoben (darapti). Es erhellt aus der Erörterung, daß der Schluß durch die Conversion eines allgemein bejahenden Urtheils durchgeht. Dadurch wird die ganze Figur künstlich, ja zweideutig, letzteres in den Fällen, wo zwar nach der Regel und ohne

weitere Untersuchung der allgemein bejahende Untersatz nur
unter Beschränkung auf das Besondere convertirt werden kann,
aber die Natur der Sache eine unbeschränkte Conversion ge=
fordert hätte. Logische Untersuchungen II. S. 244. ff. vgl.
mit II. S. 227. ff.

In den Anmerkungen zu den Elementen ist der innere Grund an=
gegeben, warum die dritte Figur an ein particulares Resultat ge=
bunden ist. Bei Aristoteles liegt die Nachweisung in dem Ueberblick
der vollständig entwickelten möglichen Modi (analyt. pr. I. 6.)

Da die Wissenschaften Allgemeines erstreben, so werden
sie dieses Schlusses, der nur Particulares giebt, entrathen, und
um so mehr, da er in sich keinen natürlichen Gang verfolgt.
Daher ist es schwer, vielleicht unmöglich, für den Schluß der
dritten Figur Beispiele aus den Wissenschaften anzuführen.
Vielmehr muß man für diese Figur Beispiele machen, obwol
gemachte Beispiele wenig fruchten.

Z. B. Alle Ellipsen sind in sich zurückkehrende Linien.
Alle Ellipsen sind Kegelschnitte. Einige Kegelschnitte sind in
sich zurückkehrende Linien.

Kein Parallelogramm hat convergirende Gegenseiten; alle
Parallelogramme sind geradlinige ebene Figuren. Also einige
geradlinige ebene Figuren haben keine convergirende Gegenseiten.

§. 27.

„Jeder beweisende Schluß wird offenbar durch drei und
nicht mehrere Bestimmungen geschehen. Und wenn dies ein=
leuchtet, so wird er offenbar aus zwei und nicht mehreren
Vordersätzen (Prämissen) bestehen; denn die drei Bestimmungen
(Termini) bilden zwei Vordersätze (Prämissen)."

Wenn ein Schluß lediglich durch zwei Termini, also aus
Einem Urtheil gewonnen wird, so kann es nur ein Schluß
im weitern und uneigentlichen Sinne sein. Der unmittel=
bare Schluß, wie ihn die Neuern nennen, z. B. die Conver=
sion (§. 14.), giebt keine neue Verknüpfung von Begriffen,

keinen neuen Inhalt („etwas von dem Gesetzten Verschiedenes"
§. 21.).). Bei den Schlüssen ex oppositione kommt schon das
Verhältniß zweier Urtheile in Frage.

Wenn ein richtiger Schluß mehr als drei Termini ent=
hält, so ist es kein einfacher Schluß mehr, sondern, wie der
Sorites im neuern Sinne, die zusammengezogene Form meh=
rerer einfachen. Das Letzte zeigt sich an einem Beispiele leicht.
Wenn man die von Euklides zum pythagoreischen Lehrsatze
gegebene Figur vergleicht (Elem. I. 47.): so muß im Verlauf
des Beweises gezeigt werden, daß das durch die Hülfslinie
von dem einen spitzen Winkel her gefundene Dreieck die Hälfte
des einen gezeichneten Kathetenquadrats sei. Dabei findet sich,
streng genommen, folgender Kettenschluß (Sorites). Alle Pa=
rallelogramme werden durch die Diagonale in zwei gleiche
Hälften getheilt. Alle Quadrate sind Parallelogramme. Die
vorliegende Figur ist (per constructionem) ein Quadrat. Also
die vorliegende Figur wird durch die Diagonale in zwei gleiche
Hälften getheilt. Ein solches Dreieck ist dann dem durch die
Hülfslinie entstandenen gleich, und der Beweis läuft einfach
weiter. Die Schlußkette enthält zwar vier Termini (zwei gleiche
Hälften, Parallelogramm, Quadrat, die construirte Figur), aber
sie löst sich in zwei Syllogismen der ersten Figur auf, in welchen
sich jedoch zwei Termini wiederholen. Der erste Schluß hat die
Bestimmungen: zwei gleiche Hälften durch die Diagonale, Pa=
rallelogramm, Quadrat; der zweite: zwei gleiche Hälften durch
die Diagonale, Quadrat, die construirte Figur.

Wenn ein einfacher Schluß mehr als drei Termini ent=
hält, so entsteht zunächst der logische Fehler, der quaternio
terminorum heißt, und durch den das Band des terminus
medius in zwei Stücke zerreißt. Dies ist namentlich der Fall,
wenn der Mittelbegriff in einem Doppelsinn genommen wird
und im Ober= und Untersatz eine verschiedene Bedeutung hat.
Man findet Beispiele solcher auf griechische Homonymien gegrün=
deter Fehlschlüsse bei Aristoteles d. soph. elench. c. 4. vgl. c. 19.

§. 28.

Der vorliegende Paragraph betrachtet den Ort, den der Mittelbegriff in den beiden Prämissen als Subject oder Prädicat einnimmt, und führt die entworfenen Figuren auf die verschiedene Möglichkeit zurück, wie die drei Begriffe von einander können ausgesagt werden. „In allen Figuren muß sich nothwendig der Mittelbegriff in beiden Prämissen finden. Wenn der Mittelbegriff derjenige Begriff ist, der sowol selbst bejahend ausgesagt, als auch von dem etwas bejahend ausgesagt wird, oder der sowohl selbst bejahend ausgesagt, als auch von dem etwas verneint wird: so liegt die erste Figur vor; wenn er aber von einem andern sowol bejahend ausgesagt, als auch verneint wird, die zweite; wenn aber von demselben Verschiedenes bejahend ausgesagt oder zum Theil verneint, zum Theil bejahend ausgesagt wird, die dritte.“

In dieser Bestimmung ist der Ausdruck der ersten Figur weiter gefaßt, als bei den Neuern, da überall nicht darauf gesehen wird, welche Prämisse vorangehe, welche folge und beide mithin ihre Stelle vertauschen können. Da die Neuern in der Eintheilung der Schlußfiguren denselben Gesichtspunkt, welchen Aristoteles hier nimmt, verfolgten, aber die Ordnung der Prämissen festsetzten: so gewannen sie dadurch die vierte Figur. In der vorliegenden Stelle fällt die spätere vierte Figur unter die Erklärung der ersten; denn auch in der vierten Figur ist derselbe Begriff einmal Prädicat („er wird bejahend ausgesagt“), einmal Subject („von ihm wird etwas bejaht oder verneint“). Nur zwei von den Neuern aufgestellte Modi der vierten Figur entziehen sich der in den angeführten Worten gegebenen Erklärung der ersten Figur, da in ihnen der vermittelnde Begriff kein bejahendes Prädicat bildet. Aber gerade diese beiden Fälle sind von anderer Seite zweifelhaft. Diese

Verhältnisse der vierten Figur sind in den logischen Unter=
suchungen behandelt worden (II. S. 235. ff.).

Was Aristoteles in der er sten Figur hervorhebt, läßt sich
in folgende Formeln fassen, in welchen wie gewöhnlich S sub-
jectum, P praedicatum conclusionis bedeutet.

1. P. aff. M. oder S. aff. M.
    M. aff. S.   M. aff. P.

Jenes bezeichnet Modi der spätern vierten, dieses Modi
der ersten Figur.

2. P. aff.. M oder S. aff. M.
    M. neg. S.   M. neg. P.

Jenes bezeichnet wieder einen Fall der spätern vierten,
dieses Modi der ersten Figur. Die Uebertragung von dem
einen System in das andere hat keine Schwierigkeit, wenn
man nur bemerkt, daß Aristoteles die Versetzung der Prämissen
frei ließ und nicht vorweg bestimmte, welcher Begriff Subject
des Schlußsatzes werden solle.

Der Beschreibung der zweiten Figur, wie sie in der
aristotelischen Stelle vorliegt, entspricht die bestimmte Formel

    P. aff. M. oder S. aff. M.
    S. neg. M.   P. neg. M.

Die Erklärung der dritten Figur stellt sich in den For=
meln dar:

1. M. aff. P. oder M. aff. S.
    M. aff. S.   M. aff. P.
2. M. aff. P. oder M. aff. S.
    M. neg. S.   M. neg. P.

Wenn man in diesen Bezeichnungen von der Bestimmung
der Affirmation oder Negation absieht und die Prämissen so
ordnet, daß das Subject des Schlußsatzes als der unterste
Begriff das Subject des Untersatzes bildet: so ergeben sich
die Formeln der Neuern, zunächst die vierte und erste, dann
die zweite, endlich die dritte Figur.

4. **P. M.** und 1. **M. P.**
M. S.   **S. M.**
2. **P. M.**   3. **M. P.**
S. M.   **M. S.**

§. 29.

„Ferner muß in jedem Schluß sowol eine von den Be=
stimmungen (Terminis) bejahend sein als auch darin das Allge=
meine vorliegen: denn ohne das Allgemeine wäre es entweder kein
Schluß oder kein Ertrag für die vorliegende Frage oder es würde
das zu Beweisende nur vorausgesetzt werden. Denn es liege
zum Beweise vor, die Lust der Bildung sei edel. Wenn man
nun dazu den Obersatz bildet, Lust sei edel, ohne hinzuzusetzen,
alle: so wird es keinen Schluß geben; wenn man aber nur
einige darunter versteht, so wird es, falls man eine andere meint,
nichts zur vorliegenden Sache austragen; falls aber gerade diese,
nur eine Voraussetzung dessen sein, was zu beweisen war."
    In jedem Schluß muß wenigstens Eine Bestimmung be=
jahend sein. Bei Aristoteles liegt der Beweis in den früher
sorgfältig erörterten Fällen, die einen Schluß zulassen (analyt.
pr. I. 4—6.), da kein gültiger Modus blos verneinende Prä=
missen zeigt. Das Gesetz ergiebt sich indessen ebenso aus der
Natur der Sache. In den Prämissen muß eine Beziehung
der Begriffe vorliegen, die im Stande ist, im Schlußsatz eine
neue Verbindung zu erzeugen. Eine solche Beziehung fehlt
jedoch, wenn man von dem Terminus medius nur weiß, daß
er weder zu dem Major noch zu dem Minor gehört. Wie
Major und Minor (Ober= und Unterbegriff) sich logisch zu ein=
ander verhalten, ist dadurch nicht ausgesprochen. Man erläutere
das Gesagte etwa an folgenden Beispielen. Kein gleichseitiges
Dreieck hat einen rechten Winkel. Kein stumpfwinkliges Dreieck ist
gleichseitig. Und dagegen: kein gleichseitiges Dreieck hat einen
rechten Winkel; kein pythagoreisches Dreieck ist gleichseitig. In
dem ersten Falle müßte, wenn der Schlußsatz wahr sein sollte, ver=

neinend, im zweiten bejahend geschloſſen werden, obwol ſich beide der Form nach gleich verhalten. So erhellt auch im Einzelnen die Unmöglichkeit, aus bloß verneinenden Prämiſſen zu ſchließen.

Zweitens muß in den Prämiſſen jedes Schluſſes Allge= meines ausgeſprochen ſein. Ohne dies kann kein Schlußſatz gezogen werden. Ariſtoteles, der an der ausgezogenen Stelle die Geſetze des Schluſſes zuſammenfaßt, hat den Beweis in der früher dargeſtellten Natur der einzelnen Modi geliefert. Hier erläutert er den Satz nur in der Anſchauung des einzel= nen Falles, in welchem, wenn ein allgemeines Geſetz nicht vorliegt, die Subſumtion unmöglich iſt. Unter einen Oberſatz, daß Luſt edel ſei, kann man die Luſt der Bildung nur dann unterordnen, wenn man alle Luſt darunter verſteht, wozu jedoch in dem unbeſtimmten Ausdruck des Satzes kein Recht vorliegt. Wird jedoch der Satz, Luſt ſei edel, dahin beſchränkt, daß er nur bedeutet: einige Luſt ſei edel: ſo fehlt jede Beſtimmung, ob die Luſt der Bildung gerade unter den genannten Theil der Luſt falle oder nicht. Nähme man das Letzte an, ſo wäre der Satz, daß die Luſt der Bildung edel ſei, nicht bewieſen. Nähme man· dagegen das Erſte an, ſo wäre es nur eine willkürliche Annahme deſſen, was gerade bewieſen werden ſoll. Man kann zu den ariſtoteliſchen Beiſpielen leicht andere bilden. Wenn man weiß, daß einige rechtwinklige Dreiecke (nämlich die pytha= goreiſchen) ein commenſurables Verhältniß der Seiten darſtellen: ſo liegt in dieſer Unbeſtimmtheit kein Recht einer beſtimmten Anwendung und Subſumtion. Daher entſteht ſogleich die Auf= gabe, die zunächſt unbegrenzt ausgeſprochene Art durch ihr Ge= ſetz (d. h. ihr eigenes Allgemeines) zu begrenzen und dadurch ſelbſt zu einem Allgemeinen zu erheben, unter welches dann Subſumtionen möglich ſind. So lange man etwa in der latei= niſchen Grammatik nur weiß, daß einige Conjunctionen den Conjunctiv regieren: weiß man für die Anwendung, die immer ein Schluß iſt, ſo gut wie nichts. So ergiebt ſich am Ein= zelnen anſchaulich, was aus der Natur der Sache folgt, daß

nämlich in der Allgemeinheit eines Begriffs allein das Recht
liegt, ihn auf ein Besonderes oder Einzelnes zu beziehen.
Wenn Aristoteles in der Unterordnung der Begriffe die innere
Möglichkeit des Schließens erkannte (§. 24.): so ist diese
da aufgehoben, wo keine Bestimmung als allgemein ausge=
sprochen wird.

Man pflegt ein drittes Schlußgesetz hinzuzufügen, dessen
auch Aristoteles am Ende des Kapitels (an. pr. I. 24.), wenn
gleich nicht vollständig, erwähnt. „In jedem Schluß“, sagt er,
„müssen entweder beide oder doch eine der beiden Prämissen
mit dem Schlußsatz in der Qualität übereinstimmen, und zwar
nicht blos in der Bejahung oder Verneinung, sondern auch
darin, ob sie Nothwendigkeit oder Wirkliches oder Mögliches
aussprechen.“ Die Conclusion, sagten Spätere bestimmter, hat
die Natur des schwächern Theiles der Prämissen. Offenbar
trägt sie die Beschränkung in sich, unter welcher sie entstanden
ist. Man hat dies logische Gesetz durch die mechanische Analogie
erläutert, daß eine Kette in ihrer ganzen Spannung nicht mehr
Kraft habe, als ihr schwächstes Glied. Conclusio sequitur
partem debiliorem.

§. 30.

Die behandelten drei Schlußfiguren haben nicht denselben
wissenschaftlichen Werth. Ihre Bedeutung faßt Aristoteles
in den Worten zusammen:

„Die Erkenntniß des Wesens (die Beantwortung der Frage,
was etwas ist) ist nur durch die erste Figur zu erreichen mög=
lich. Denn in der mittlern Figur geschieht kein bejahender
Schluß, da doch die Erkenntniß des Wesens Erkenntniß einer
Bejahung ist; in der letzten Figur geschieht zwar ein solcher,
aber nicht allgemein, während doch das Wesen auf das Allge=
meine geht.“

Das erzeugende Wesen einer Sache ist als solches positiv
und wird daher durch einen bejahenden Schluß gewonnen.

Wenn oben (§. 1. u. 4.) das Recht der logischen Bejahung aus der entsprechenden realen Verbindung abgeleitet wurde, so liegt diese Bedeutung hier nicht fern, da das schaffende Wesen die ursprüngliche Verbindung bildet. Aristoteles erläutert das Was öfter durch das Wesen der Octave. Sie ist das Verhältniß der Schwingungen in den Tönen von 1. zu 2. Vereinzelt erscheint weder in der einen noch in der andern Zahl der Schwingungen die Octave, sondern erst in der Zusammenfassung beider. Wo das Wesen scheinbar in einer Verneinung ruht, wie (§. 60.) das Wesen der Mondfinsterniß in einer Beraubung des Lichtes, da geschieht diese Verneinung doch durch eine Position, die das Wesen bildet, durch eine die Verneinung hervorbringende Verbindung, wie in dem angeführten Beispiele die Beraubung durch den Zwischentritt der Erde zwischen Sonne und Mond. Daher konnte Aristoteles sagen, die Erkenntniß des Wesens ist Erkenntniß einer Bejahung.

Ferner gehört das Wesen zu dem Allgemeinen, da es aus dem nothwendigen Grunde hervorgeht. Das Einzelne als Einzelnes ist nur Thatsache, und das Wesen, woraus die Thatsache begriffen wird (die Begriffsbestimmung), ist ein Allgemeines.

Bejahung und Allgemeinheit vereinigt nur der Schluß der ersten Figur und er ist daher der Schluß des Wesens. Wenn Aristoteles ihn demnach den wissenschaftlichen Schluß nennt, so dienen die obigen Beispiele (§. 24.) zur Erläuterung. Die mathematischen Disciplinen führen namentlich, wie Aristoteles bemerkt, ihre Schlüsse durch die erste Figur. Die geometrischen Demonstrationen beruhen meistens darauf, durch die Construction Figuren so zu theilen oder zu verbinden, daß sich die dadurch entstehenden Beziehungen unter erkannte Gesetze subsumiren, und aus dieser Anwendung der Subsumtion neue Sätze gewonnen werden. Dabei handelt es sich um positive Verhältnisse, die sich allgemein nur in dem Schluß der ersten Figur darstellen.

In den Schlußfiguren hat die Möglichkeit, verneinend zu

schließen, über die Bejahung ein großes Uebergewicht. Zwei Modi der ersten Figur und alle der zweiten schließen verneinend und nur zwei der ersten schließen bejahend. Auch hier zeigt sich's, daß es leichter ist, zu verneinen, als zu bejahen. Aber auf dem Wege der Ausschließung können die Verneinungen dazu dienen, die Bejahung indirect zu begründen. Dadurch haben die verneinenden Modi der ersten Figur und die zweite Schlußfigur mit ihren nur verneinenden Ergebnissen wissen= schaftliche Anwendung und Bedeutung. Vgl. unten über den indirecten Beweis §. 43. 44.

§. 31.

Nach der Behandlung der Formen des Schlusses folgen einige allgemeine Bemerkungen über den Schluß überhaupt.

„Alle diejenigen, welche aus Sätzen, die minder glaublich als der Schlußsatz sind, zu schließen unternehmen, schließen offenbar nicht treffend."

Es liegt in dem Begriff und der Absicht des Schlusses, daß minder Verständliches aus Verständlicherem begriffen werde (vgl. §. 19. γνωριμώτερα). Die Evidenz der geometrischen Beweise beruht auf der Evidenz der einfachen Principien. Jeder geometrische Satz, der daraus abgeleitet wird, ist schwie= riger und verwickelter. Im Ethischen beruht ähnlich die Evidenz einzelner Pflichten auf der Klarheit eines umfassenden Grund= gedankens z. B. des übergreifenden Zweckes eines Ganzen. Wo wir eine schwierige Stelle grammatisch construiren, da suchen wir aus einfachen feststehenden Anzeichen zunächst den Kern des Satzes, dann wiederum aus eben solchen Anzeichen die Satzglieder und ihr Verhältniß zum Hauptsatz, bis endlich so das unverständliche Ganze, das gleichsam die letzte Conclu= sion der ganzen Schlußreihe bildet, aus dem Verständlichern erschlossen wird.

Indessen ist die Regel, aus Prämissen zu schließen, die glaublicher sind als der Schlußsatz, nur relativ gefaßt. Einmal trägt ihr Ausdruck den subjectiven Charakter, der überall der ganzen aristotelischen Topik eigen ist, indem sich der Dialektiker zunächst nur auf dem Gebiete dessen bewegt, was in der allgemeinen Meinung wurzelt. Dann aber zweitens, was ist glaublicher? Müssen nicht die letzten Gründe als solche die schwierigsten und daher unglaublichsten sein? Und doch muß zuletzt aus ihnen als aus den Prämissen geschlossen werden.

Es tritt hier der oben erörterte Unterschied zwischen dem ein, was der Natur nach, und dem, was in Bezug auf uns früher und erkennbarer ist (§. 19.). Zwischen beidem ist oft ein wesentlicher Zwiespalt. Jedes Princip einer neuen Entdeckung muß erst den Kampf mit der gewöhnlichen Meinung bestehen, um glaublich zu werden. Die Folgen selbst, also gerade die Schlußsätze aus dem zunächst unglaublichen Gedanken dienen zu seiner Bestätigung; sie dienen dazu, ihn glaublich zu machen, wenn sie mit dem anderweitig Erkannten übereinstimmen. Bis dahin gilt das Princip nur hypothetisch, eben weil es ein $\overset{\text{‘}}{\alpha}\delta o\xi \acute{o}\tau \varepsilon \varrho o\nu$ ist. Aber die Schlüsse aus diesem $\overset{\text{‘}}{\alpha}\delta o\xi \acute{o}\tau \varepsilon \varrho o\nu$ sind wichtig, um es selbst durch seine Folgen als das $\overset{\text{‘}}{\alpha}\pi \lambda \tilde{\omega}\varsigma \ \gamma \nu \omega \varrho \iota \mu \acute{\omega}\tau \varepsilon \varrho o\nu$, als das natura prius zu beglaubigen. Nur unter einer solchen Beschränkung gilt in den Wissenschaften die subjective Regel dieses Paragraphen, welche, aus der Topik entnommen, noch zu sehr den Charakter des Für und Wider in der Weise an sich trägt, wie es in der Dialektik des persönlichen Streites hervortritt.

Ein früheres Beispiel (vgl. zu §. 15. und §. 19.) mag das Verfahren der Wissenschaften, hypothetisch aus einem $\overset{\text{‘}}{\alpha}\delta o\xi \acute{o}\tau \varepsilon \varrho o\nu$ zu schließen, erläutern. Archimedes stellte in seiner Abhandlung von den schwimmenden Körpern ein hydrostatisches Princip auf, das der Begriff des Flüssigen selbst war. Die kleinsten Theile desselben sind durch den geringsten Druck alle unter einander beweglich und es wird daher jeder auf eines dieser Theilchen ausgeübte Druck sofort allen andern Theilen der Flüssigkeit mitgetheilt. Es folgt daraus nothwendig eine

Vervielfachung des Drucks. Bis zum Ende des Mittelalters blieb das Princip unbenutzt, und man nannte es sogar das hydrostatische Paradoxon. Indessen sind die Schlüsse aus diesem ἀδοξότερον wichtig geworden; denn sie haben es, verglichen mit den Beobachtungen, bestätigt, und selbst verwickelte Aufgaben der Hydrostatik gelöst (s. Whewell, Geschichte der inductiven Wissenschaften von J. J. von Littrow I. S. 87).

§. 32.

„Aus Wahrem läßt sich nichts Falsches schließen, aber aus Falschem Wahres, jedoch dieses nicht nach seinem Grunde, sondern nur nach seinem Dasein."

„Daher sind offenbar, wenn sich der Schlußsatz als falsch zeigen sollte, die Gründe des Schlusses (die Prämissen) nothwendig falsch und zwar entweder alle oder ein Theil derselben. Wenn sich aber der Schlußsatz als wahr zeigen sollte, so sind sie nicht nothwendig wahr weder ein Theil noch alle, sondern es ist möglich, daß selbst wenn in den Prämissen nichts wahr ist, gleichwohl der Schlußsatz wahr wird, jedoch nicht aus der Nothwendigkeit der Sache. Der Grund ist dieser. Wenn sich nämlich zwei Begriffe so zu einander verhalten, daß nothwendig, wenn der erste, auch der andere ist, so wird, wenn der andere nicht ist, auch der erste nicht sein; wenn aber der andere ist, so wird damit nicht nothwendig auch der erste sein."

Diese Bestimmungen, in einzelnen Fällen einfach einzusehen, sind beim Entwurf und bei der Prüfung derjenigen Schlußketten, welche Theorien bilden, von großer Wichtigkeit.

Daß sich aus Wahrem nichts Falsches schließen läßt, wenn nicht ein Fehler im Schlusse vorgegangen, d. h. wenn nicht überhaupt gar nicht geschlossen ist, ruht auf der Richtigkeit der Schlußlehre. Wenn es möglich wäre, aus Wahrem Falsches zu schließen, so gäbe es gar keinen Schluß und keinen sichern Fortschritt des Erkennens.

Daß sich aber aus Falschem Wahres schließen läßt, hat

Aristoteles im Einzelnen ausführlich nachgewiesen und dadurch
ist die Thatsache anschaulich geworden, daß sowol wenn beide
als auch wenn eine Prämisse falsch ist, Wahres folgen kann.
Der Grund dieser Erscheinung ist von Aristoteles nicht weiter
erörtert. Offenbar liegt er in dem, was in der Subsumtion
geschieht, die keine Gleichstellung ist, sondern nur theilweise
Beziehungen hervorhebt, indem sie andere fallen läßt. Dadurch
kann namentlich da, wo der Obersatz falsch ist, weil er zu weit
oder zu eng gefaßt wird, der Schlußsatz wahr ausfallen. Aus
dem falschen Obersatz, alle Parallelogramme haben rechte Winkel,
wird durch den Untersatz, alle Quadrate sind Parallelogramme,
der richtige Schlußsatz entstehen: alle Quadrate haben rechte
Winkel. Der Obersatz behauptet zu viel, weil er den Begriff
des Parallelogramms zu eng faßt. Da jedoch der Untersatz
diesen Begriff nur auf einen Theil bezieht, so läßt die Be=
trachtung gerade diejenigen Arten des Parallelogramms (Rhom=
ben, Rhomboide) fallen, für welche der Obersatz falsch ist, und
durch dies Zutreffen geräth der Schlußsatz. Der Grund dieses
ganzen logischen Phänomens gestaltet sich verschieden, läuft aber
immer darauf hinaus, daß die Termini des Schlusses nicht
einander gleich, sondern gegen einander theils weiter, theils
enger sind. Würden in dem Urtheil Subject und Prädicat,
wie die zwei Seiten einer Gleichung, einander gleich sein oder
sich decken: so wäre diese Correctur des Zufalls nicht möglich;
aber es wäre dann der Schluß etwas Andres geworden; er
hätte seine Macht, aus dem Allgemeinen ins Besondere vor=
zubringen, er hätte sein Princip der Anwendung eingebüßt.

Wenn aus Falschem Wahres erschlossen wird, so ist das
Falsche, weil es falsch ist, nicht der Grund der Sache (διότι),
und es trifft der Schlußsatz nur mit der Thatsache (ὅτι) zu=
sammen.

So hat noch der Irrthum seine Logik und er hält sich
gerade durch die Elemente des Wahren, mit denen er sich
durchflicht.

Wir erinnern zur Erläuterung an oft vorkommende Fälle, in welchem bei einem falschen Untersatz doch Wahres geschlossen wird. Wenn z. B. Handlungen rechtlich zu beurtheilen sind, so subsumiren wir sie unter ein Gesetz; und trotz einer falschen Subsumtion kann Richtiges herauskommen. Die Strafbarkeit einer Handlung, durch welche jemand um sein Eigenthum gebracht ist, folgt im Allgemeinen als ein richtiger Schlußsatz, mag man sie unter Diebstahl oder unter verpönten Betrug subsumiren, während sie doch, juristisch genommen, nur unter die eine oder die andere Bestimmung fallen kann, mithin die eine Subsumtion falsch ist.

Bei der Anwendung grammatischer Regeln vergreift sich der Ungeübte leicht und bringt bisweilen dessenungeachtet Richtiges heraus. Alle Verba sentiendi regieren, wie die lateinische Grammatik lehrt, den Accusativ cum infinitivo, wenn ein Objectivsatz von ihm abhängt. Stellte man unter diese Regel jubere oder vetare, so wäre der Untersatz falsch. Und doch würde man nach dem Schlußsatz jubere und vetare richtig mit dem Accusativ cum infinitivo construiren. In solcher Weise ist die Antwort eines Schülers, das Resultat einer sich in Schlüssen bewegenden Ueberlegung, nicht selten richtig, und fragt man nach den Gründen, so sind diese falsch. Dasselbe zeigt sich hie und da in der Geschichte der wissenschaftlichen Entdeckungen. Unrichtige Vorstellungen von den Kräften der himmlischen Bewegungen leiteten Kepler auf die Entdeckung seines dritten Gesetzes. Jenes sind die falschen Prämissen. Aber da Kepler die Speculation an der Beobachtung prüfte, so trat bald diese an die Stelle der falschen Voraussetzungen als Begründung ein. (Whewell, Geschichte der inductiven Wissenschaften von J. J. v. Littrow I. S. 420. ff.)

Ueberhaupt geben die Wissenschaften, die das Schlußverfahren im größten Maßstabe darstellen, auch zu diesen einfachen Bemerkungen des Aristoteles die größten Beispiele. Hypothesen werden nach der darin gegebenen Norm geprüft.

In Hypothesen wird der Begriff, der das Wesen einer Sache ausdrücken will, vorläufig angenommen, um diese in ihren Erscheinungen zu begreifen. Wenn aus einer Hypothese als Prämisse Falsches folgt, so ist sie selbst falsch; aber aus einer falschen Hypothese kann Wahres folgen, und das Wahre, was aus ihr folgt, leistet für sie keine völlige Gewähr. Z. B. aus der fuga vacui folgte Wahres, wie das Steigen des Wassers in luftleeren Röhren, soweit man es beobachtete; aber in Toricelli's und Pascal's Versuchen versagte plötzlich der horror vacui; es folgte aus ihm Falsches. Das unbestimmte Princip mußte daher aufgegeben werden (Whewell, II. S. 72–74.). Die Stoiker zeigten, daß aus Epicurs Ansicht von der Weltentstehung Falsches folge. Aus dem zufälligen Zusammentreffen der Atome folgt blinder Zufall in ihrem Producte, den Erscheinungen der Welt. Da aber diese eine Ordnung offenbaren, so ist der Schlußsatz falsch, mithin die ganze Ansicht, aus welcher er floß. Conjecturen in den Schriftstellern sind Hypothesen. Wer eine überlieferte Lesart bestreitet, betrachtet sie selbst als hypothetisch und zeigt, daß aus ihr Falsches folge. Wer eine Conjectur widerlegen will, verflicht sie als Prämisse in einen Schluß, dessen Schlußsatz als falsch nachzuweisen ist. Dadurch ergiebt sie sich selbst als falsch. Man erläutere es an dem Beispiel irgend einer bentleischen Conjectur; oder will man den vorliegenden Schriftsteller, weil er gerade zur Hand ist, nicht überschreiten, so vergleiche man etwa, was §. 26. über die gewöhnliche Lesart οὐδὲ τὸ Ξ τῷ N zu sagen ist. Wenn sie behauptet wird, so folgt Ungehöriges. Erstens aus dem Schluß ergiebt sich unmittelbar: kein Ξ ist N; daraus wird erst durch Conversion abgeleitet: kein N ist Ξ. Es würde die secundäre Folge ohne Zwischenglied statt der primären stehen. Dieses ist falsch; denn Aristoteles argumentirt in dem ganzen Verlauf Schritt vor Schritt und ohne Sprung. Zweitens schließt der Beweis des Satzes mit den Worten: kein Ξ ist N. Wenn οὐδὲ τὸ Ξ τῷ N richtig wäre, so müßte vielmehr dies bewiesen werden und der Beweis darin enden. Dies ist falsch; denn er thut es nicht. Nachdem auf diese Weise die alte Lesart widerlegt ist, so tritt die ge= wählte: οὐδὲ τὸ N τῷ Ξ als Conjectur ein. Wenn sie auf= genommen wird, so steht das unmittelbare Ergebniß (das Primäre) im Schlußsatze und das Ende des folgenden Beweises congruirt völlig. Dies sind die richtigen Folgen. Wer nun die Conjectur widerlegen wollte, würde zeigen müssen, daß sie doch noch Falsches ergiebt. Die richtigen Folgen würden dann keine Bürgschaft leisten, da sie auch aus einem andern Grunde hervorgehen können. Die verschiedenen Erklärungen einer Stelle verhalten sich ganz wie verschiedene naturwissen= schaftliche Hypothesen in einem und demselben Phänomen und unterliegen denselben Gesetzen, und wie die philologische Con= jectur, verhält sich wieder jede Vermuthung des gewöhnlichen Lebens, an deren Entwurf oder Abweisung sich der Scharf= sinn übt. So geht durch die Behandlung des verschiedensten Stoffes dieselbe Weise des seiner einfachen Mittel sicheren Gedankens hindurch.

Zur Ausführung des von Aristoteles angedeuteten Grun= des erinnere man sich der obigen Bemerkung, daß der Vorder= satz eines hypothetischen Urtheils dem Subject, der Nachsatz dem Prädicat eines kategorischen Urtheils entspricht. Das Prädicat ist in der Regel allgemeiner als das Subject, und ebenso der Nachsatz in der Regel allgemeiner als der Vordersatz. Daher bleibt die Möglichkeit offen, daß ein anderes Subject dasselbe Prädicat, ein anderer Grund dieselbe Folge habe. An dem Beispiel verschiedener Lesarten, verschiedener Erklärungen, die an derselben Stelle möglich sind, läßt sich dies erläutern. Sie geben, pflegt man zu sagen, allesammt einen guten Sinn. Diese Eine Folge, so allgemein gehalten, geht dann aus den verschie= denen Prämissen hervor.

§. 33.

„Es ist ein Philosophema ein beweisender Schluß, ein Epicherema ein dialektischer Schluß, ein Sophisma ein eristischer Schluß (ein Scheinschluß), ein Aporema (Zweifel) ein dialektischer Schluß des Widerspruchs.“

„Beweisend ist der Schluß, wenn er aus Wahrem und Erstem oder aus solchem geschieht, was durch ein Erstes und Wahres den Ursprung seiner Erkenntniß empfangen hat; ein dialektischer Schluß aber ist der aus der angenommenen Vorstellung schließende.“

„Falsch heißt auf Eine Weise eine Rede, wenn sie, ohne wirklich zu schließen, nur zu schließen scheint und sie heißt dann ein eristischer Syllogismus.“

„Eristische Reden sind diejenigen, welche aus solchen Vorstellungen, die gemeinhin angenommen zu sein scheinen, aber nicht angenommen sind, etwas erschließen oder zu erschließen scheinen.“

„Den Zweifel scheint das Gleichgewicht der entgegengesetzten Ueberlegungen zu erzeugen.“

Das allgemeine Wesen des Schlusses gestaltet sich durch die besondere Absicht und Richtung zu den in diesem Paragraphen angegebenen Arten. Die Namen haben sich zum Theil bis in unsere Sprache fortgepflanzt. Indem das Philosophema von einem beweisenden Schluß zu der Bedeutung einer subjectiven Speculation herabgesunken ist, indem das Epicherema, wenn es überall noch gebraucht wird, sich da festgesetzt hat, wo in kurzer Andeutung die Gründe zu den Prämissen hinzugefügt werden, indem das Aporema, im wissenschaftlichen Gebrauch der Alten gäng und gäbe, im neueren Sprachgebrauch nicht eigentlich Fuß gefaßt hat: behauptet das Sophisma noch heute seine alte Bedeutung. So sprechen wir etwa im Gegensatz gegen den Beweis, den der Verstand aus der Sache führt, und gegen das dialektische Für und Wider, in welchem sich die

Reflexion bewegt, von den Sophismen der nicht die Sache, sondern nur die eigene Befriedigung suchenden Leidenschaft; denn sie ist rechthaberisch, wie der Eristiker.

Die aus Aristoteles selbst hinzugefügten Erklärungen werden genügen. Wenn der Beweis auf das Erste mittelbar oder unmittelbar zurückgeht, so wird der volle Sinn dieser Bestimmung erst später erhellen. Die Erläuterung kann aber theils an §. 19. (das Frühere und Erste der Natur nach) anknüpfen, theils an die Grundsätze der Wissenschaften, wie an die geometrischen Axiome und Postulate, erinnern.

Der sophistische (eristische) Schluß fehlt, indem er entweder in der Form oder im Inhalte falsch (jenes nach der Stelle top. VIII. 12., dieses nach der zweiten Stelle aus soph. elench. 2.) den Schein des Wahren sucht. In neuerer Zeit unterscheidet man wol zwischen dem unbefangenen Fehlschluß oder dem Fehlschluß überhaupt (Paralogismus) und dem absichtlichen Trugschluß (Sophisma) (vgl. die verwandte Bedeutung bei Kant in der Kritik der reinen Vernunft: „von den Paralogismen der reinen Vernunft"). Die logische Prüfung ist indessen bei beiden gleich, da die Gesinnung, die zunächst über das Logische hinausliegt, diese verschiedenen Arten bildet.

Aristoteles hat die Sophismen und Paralogismen in der Schrift über die sophistischen Ueberführungen genau behandelt und sagt darüber im Allgemeinen treffend (K. 1.). „Eine Quelle der Trugschlüsse ist die ergiebigste und verbreitetste, nämlich die Beschaffenheit der Wörter. Denn da wir im Gespräch nicht die Dinge selbst und an und für sich darbringen können, sondern statt der Dinge uns der Namen als Zeichen bedienen, so meinen wir, was bei den Namen zutreffe, treffe auch bei den Dingen zu. Aber die Namen und Sätze sind begrenzt, die Dinge unbegrenzt. Daher muß derselbe Satz und derselbe Name mehrerlei bezeichnen. Und wer die Bedeutung der Namen nicht kennt, wird im Schlusse über-

holt, sowol wenn er selbst spricht, als auch wenn er andere
hört."

Beispiele lassen sich aus solchen Stellen des Xenophon
oder Plato wählen, wo Sophisten argumentiren. So beweist
Euthydemus bei Plato (Euthydemus S. 276, 277. St.), daß
man lerne was man wisse; — denn wenn der Lehrer dem
Schüler die Dichterstelle vorsage, damit er sie lerne: so wisse
der Schüler schon alle Buchstaben, woraus die Dichterstelle,
die er lerne, bestehe. Aristoteles findet hier den Fehlschluß
(de soph. elench. c. 4.) in dem Doppelsinn des Lernens, da
einmal lernen so viel sei, als verstehen, indem man das Ge=
wußte anwendet, dann aber eine Erkenntniß erwerben.

Die Zurückführung solcher Schlüsse auf die regelrechte
Form des Ober= und Untersatzes und die dadurch erleichterte
Prüfung der Termini war eine Uebung der scholastischen Logik.
Die Schulen des Mittelalters waren im syllogistischen Forma=
lismus groß; und wenn man die epistolae obscurorum virorum
liest, so findet man in der Satire derselben grobe, aber schul=
gerechte Beispiele der schwerfälligen Mönche, wie charakteri=
stische Seitenstücke zu den feineren Sophismen der beweglichen
Griechen. Man vergleiche z. B. epist. obsc. virorum p. 198.
(ed. Francof. 1643.). Da brüstet sich ein Kölner Domini=
kaner in der Sache Pfefferkorns gegen einen klassisch gebildeten
Juristen, einen Vertheidiger Reuchlins, und sein Stolz ist die
syllogistische Fechtkunst. Aliqui laudant eum et quaesivi
nuper ex eis, quid plus scit, quam alius? Tunc dixerunt,
quod habet bonam notitiam in Graeco. Et sic videtis,
quod non est curandum de eo, quod Graecum non est
de essentia sacrae scripturae. Et credo, quod non scit
unum punctum in libris sententiarum, nec ipse possit mihi
formare unum syllogismum in Baroco aut Celarent, quia
non est logicus. Ipse nuper vocavit me asinum. Et dixi
ei, si es ita audax, tunc disputa mecum. Et tibisavi eum
et dixi: Ego arguo, quod tu sis asinus. Primo sic:

quidquid portat onera, est asinus: Tu portas onera: ergo
es asinus. Minorem probo, quia tu portas istum librum.
Et fuit verum, quia · ipse portavit unum librum, quem
dedit Jacob Questenberg ad studendum intus, contra
M. nostrum Jacobum de Hochstrate. Tunc non fuit ita
prudens, quod negaret mihi Maiorem: quia non potuissem
probare. Sed scio, quod nihil scit in logica.

Uebrigens könnte eine solche scholastische Palästra des
Syllogismus unserer heutigen Philosophie nicht schaden. Wie=
wol sie vornehm meint, darüber hinaus zu sein, würde sie sich
mancher ihrer Schlüsse schämen, wenn diese, in die nackte Form
des Syllogismus gefaßt, ihre verkleidete Schwäche eingestehen
müßten.

Wir lesen in einer philosophischen Schrift eine Argumen=
tation, die syllogistisch ausgedrückt so lauten würde: Gott ist
das Wort, die Kategorie ist ein Wort. Also ist die Kategorie
Gott (göttlich). In diesem Schluß schließt die zweite Figur
bejahend gegen (§. 26.) und sind durch die Homonymie des
Terminus medius (Wort) vier Termini (gegen §. 27.)

Wir hörten einen anderen Schluß, der nicht besser ist.
Die Wahrheit ist das Allgemeine. Das Ich ist das Allgemeine.
Also das Ich ist die Wahrheit.

Man hält sich im abstracten Gebiete des Metaphysischen
solche Schlüsse getrost zu Gute, während man vor ihnen im
Concreten durch den gesunden Tact bewahrt ist. Oder würde
man etwa so schließen: die Palme ist ein Baum, der Schlag=
baum ist ein Baum. Also ist der Schlagbaum eine Palme.

Wir haben in einem neuern Aufsatz über Aristoteles Poetik des
Aristoteles klassisches Urtheil über Shakespeare und Calderon
und die Romantik vernommen. Es war noch mehr an der Zeit,
Aristoteles Schrift „von den sophistischen Ueberführungen" ins
Moderne zu übersetzen.

Doch bedürfen solche metaphysische Fehlschlüsse, wie die
hier erwähnten, einer weitern Erläuterung, als der propädeu=

tische Unterricht gestattet. Die eigenen Aufsätze der Schüler werden gelegentlich die passendsten Beispiele liefern.

Man läßt sich am leichtesten verleiten, in der zweiten Figur mit bejahenden Prämissen zu schließen, wie auch in den obigen dialektischen Beispielen geschehen ist, — und doch ist dieser Fehler ominos, denn durch ihn kann X für ein U gemacht und Weiß in Schwarz verwandelt werden, und zwar in dieser Weise: Alles U ist ein Buchstabe; alles X ist ein Buchstabe; also X ist U. Alles Weiß ist Farbe; alles Schwarz ist Farbe; also alles Schwarz ist Weiß.

Es ist ferner verführerisch, von der vorhandenen Folge eines Grundes auf diesen Grund zu schließen — und diese fallacia de consequente ad antecedens ist derselbe Fehler, wie der eben gerügte, indem der Nachsatz des hypothetischen Urtheils dem Prädicat des kategorischen entspricht.

Einige bei den Alten berühmt gewordene Trugschlüsse findet man in Dan. **Wyttenbachii praecepta philosophiae logicae III. 9. §. 3. sq.** vgl. Menag. zum **Diogenes Laert. II. §. 108.**

§. 34—36.

Während der Syllogismus mit dem beginnt, was an sich früher und erkennbarer ist, hebt die Induction mit dem an, was für uns früher und erkennbarer ist (§. 19.). Daher folgt nun, nachdem der Syllogismus abgehandelt worden, der aus dem Allgemeinen auf das Einzelne schließt, die aus dem Einzelnen das Allgemeine sammelnde Induction.

„Induction ist der Fortschritt vom Einzelnen zum Allgemeinen, z. B. wenn der kundige Steuermann der beste ist und wieder der kundige Wagenlenker, so wird auch überhaupt in jedem Ding der Kundige der beste sein. Es hat die Induction eine größere Kraft der Ueberredung und Gewißheit und ist nach der sinnlichen Auffassung hin erkennbarer und bei der Menge gäng und gäbe; der Schluß hat eine zwingendere Gewalt und ist gegen Streitende wirksamer."

„Induction und der Schluß aus Induction ist die Weise, durch den einen äußersten Terminus den andern für den mittlern zu erschließen, z. B. wenn zwischen a und c die mittlere Bestimmung b liegt, durch c zu zeigen, daß a dem b zukommt; denn so führen wir Inductionen. Man muß aber unter c das aus allen Einzelnen Zusammengesetzte verstehn; denn die Induction geschieht durch alle hindurch."

„Die Induction steht auf gewisse Weise dem Schluß entgegen; denn dieser weist durch den Mittelbegriff die höchste Bestimmung für die niedrigste nach; jene durch die niedrigste Bestimmung die höchste für den Mittelbegriff. Der durch den Mittelbegriff geschehende Schluß ist der Natur nach früher und erkennbarer, uns aber ist der Schluß der Induction anschaulicher."

Wenn die Induction für sich behandelt wird, so sammelt und addirt sie das Einzelne, um aus der Summe das Allgemeine zu bilden. Aristoteles drückt es formal so aus: durch die Einzelnen (die niedrigsten Begriffe) (c), welche eine bestimmte Eigenschaft darstellen (a), wird diese dem über den Einzelnen (c) zunächst stehenden Allgemeinen (b) zugesprochen. Nach dem sokratischen Beispiel, das Aristoteles hinzufügt, weil der kundige Steuermann, der kundige Wagenlenker u. s. w. (c) in ihrer Kunst die vorzüglichsten sind (a), so sind die Kunstverständigen überhaupt (b) die vorzüglichsten. Umgekehrt verhält sich der Schluß: alle Kunstverständige sind in ihrer Kunst die vorzüglichsten; der kundige Steuermann ist ein Kunstverständiger. Also 2c. Da würde durch b (kunstverständig) a (vorzüglich) für c (Steuermann) erschlossen werden.

Indem in der Induction vorausgesetzt wird, daß das Allgemeine als die Allheit die ganze Summe des Einzelnen ist, entsteht die Frage, wann die Summe darf geschlossen werden, eine Frage, die sich durch sammelnde Beobachtung nicht beantworten läßt; denn das Einzelne als solches ist eine unbegrenzte Menge. Daher kann die Induction für sich allein, da sie sich vergeblich alles Einzelnen zu bemächtigen streben würde, keine strenge Allgemeinheit gewähren.

Zwar müßte dies nach der Idee der Induction gefordert werden, wie Aristoteles es thut. „Unter dem c" (dem Einzelnen), sagt er, „muß man das aus allen Einzelnen Zusammengesetzte verstehen; denn die Induction geht durch alle hindurch." Allein in der Ausführung leistet sie es für sich nicht. Schon Aristoteles hat sich nach eigenthümlichen Bedingungen umgesehen, die jedoch jenseits der Induction liegen, um für ihre Vollständigkeit eine Gewähr zu finden (analyt. pr. II. 23. vgl. Logische Untersuchungen II. S. 262.). Doch hat er die Natur und den Mangel der Induction nur sehr kurz behandelt. Die vollständige Induction wird von den Neuern als ein Schluß mit disjunctivem Obersatz betrachtet, in welchem die Arten als die gemeinsamen Fälle des Einzelnen erschöpft werden. Man wird hier Gelegenheit haben, die Anwendung des disjunctiven Urtheils, das Aristoteles nirgends berührt hat, näher zu erörtern und als Beispiel des disjunctiven Schlusses Euklides Elemente III. 20. benutzen. Die genaue Behandlung des Satzes I. 35. würde ebenfalls auf drei Möglichkeiten der Construction führen, die sich in einem disjunctiven Obersatz darlegen und einzeln beweisen ließen. Die Zusammenfassung wäre die Form der Induction; aber aus aufzählender Induction allein stammt nimmer ein die Arten erschöpfender Obersatz. Durch vollständige Induction hat auch Aristoteles die syllogistischen Gesetze, zuerst die möglichen Modi der drei Figuren und ihr Verhalten (I. 4—6.), sodann die syllogistischen Regeln (§. 29. §. 32.) gefunden. Die Induction würde sich in diesen Fällen nie zu einem Ganzen abgeschlossen haben, wenn nicht zunächst aus allgemeinen Gründen der Combination die allein denkbaren Fälle folgten (Logische Untersuchungen II. S. 326.). Es verflicht sich damit im Einzelnen hie und da der syllogistische

Beweis. Der sorgsame inductorische Weg des Aristoteles hat das Resultat zu solcher dauernden Sicherheit festgestellt, aber auch zum Theil die Nachweisung der innern Gründe für die spätere Untersuchung offen gelassen.

Aristoteles sagt, daß die Induction „anschaulicher und gemein verständlicher" sei als der Schluß. Da sie sich an dem gegebenen Einzelnen fortbewegt, so hat sie daran unmittelbare und lebendige Belege und eine einleuchtende Gewißheit. Um jedoch aus dem Einzelnen das Allgemeine zu bilden und abzu= schließen, bedarf es, da die Induction für sich nicht vollständig ist, eines Sprunges. Wer ihn nicht thun will, ist schwer zu zwingen; denn er wird sich, um sich zu halten, in den Mangel und in die Lücke hineinwerfen, die sich in der Induction findet. Daher ist der stetig fortschreitende Syllogismus „zwingender". Die Vorzüge des Anschaulichen und Einleuchtenden, welche Aristoles der Induction zuspricht, sind mehr subjectiver Natur. Es muß bemerkt werden, daß auf dem Gebiete der Erfahrung die Induction allein der Erkenntniß den Boden des Wirk= lichen sichert.

Sucht man Beispiele der Induction, so findet man sie reichlich in Xenophons Memorabilien und dort fast in ihrem wissenschaftlichen Ursprung, da Aristoteles dem Sokrates die Induction als eigenthümlich zuschreibt. Man vergleiche, wie Sokrates (I. 5. und II. 1.) die ἐγκράτεια als Tugend nach= weist oder den vorsehenden Zweck in der Welt darthut. Doch darf nicht übersehen werden, daß sich dabei mit der Induction die verwandte Analogie verbindet (§. 38.).

In den Wissenschaften sucht sich die Induction meistens zu ergänzen und kommt selten rein vor. Die sogenannte voll= ständige Induction in der Arithmetik ist keine nackte Induction. (Vgl. Drobisch neue Darstellung der Logik nach ihren einfach= sten Verhältnissen mit Rücksicht auf Mathematik und Natur= wissenschaft. Zweite völlig umgearbeitete Auflage 1851. S. 222. ff. über die Anwendung der Induction in der Mathematik). Wenn

aus Beobachtungen der Physik oder Physiologie allgemeine Ge=
setze aufgestellt werden (z. B. daß der Doppelspath den durch=
gehenden Lichtstrahl doppelt bricht, oder daß bei dem Menschen
der Kopf des Schenkelknochens durch den bloßen Luftdruck in
der genau anpassenden Pfanne zurückgehalten wird und daher
beim Gehen wie in freier Schwebe hin und her schwingt): so
kann sich die Induction, verglichen mit der unbegrenzten Menge
dieser Erscheinungen, nur auf eine beschränkte Anzahl der Fälle
gründen. Aber indem die experimentirende Untersuchung sorg=
fältig jede zufällige Einwirkung ausschließt, so daß lediglich die
Sache die Erscheinung erzeugt, setzt sie voraus, daß sich unter
gleichen Ursachen die Erscheinungen constant bleiben. Auf dem
Gebiete des Organischen stehen überdies solche Gesetze unter
dem Gedanken eines Zweckes. Die Physik, die sich nach New=
tons Weisung vor der Metaphysik hüten soll, kommt doch nicht
ohne jede metaphysische Voraussetzung durch, wenn sie es wagt,
das Stückwerk der Induction zu einem Ganzen und Allge=
meinen zu erheben. Früher drückte man diesen metaphysischen
Glauben wol so aus, daß die Natur sich selbst getreu bleibe. —
Diese Voraussetzung wird erst dadurch bewährt, daß durch das
der Induction entgegenstehende Verfahren der nothwendige Grund
gefunden wird. Kepler dehnt seine Gesetze der elliptischen Bahn
und der Proportionalität der Flächen mit den Zeiten (radius
vector verrit areas tempori proportionales) vom Mars, an
dem er sie gefunden, durch Induction zunächst auf den Merkur,
dann auf die andern bekannten Planeten aus. Aber erst Newton
erhebt sie durch die Entdeckung der allgemeinen Gravitation,
des hervorbringenden Grundes, zu einer höhern Allgemeinheit
(vgl. Whewell **I.** S. 427. ff. mit **II.** S. 169.). Es folgt
überhaupt in der Astronomie auf die inductive Epoche Keplers
die deductive Newtons.

Regeln und Ausnahmen der empirischen Grammatik ent=
stehen auf der Basis gesammelter Beispiele durch die Induction
des beobachteten Sprachgebrauchs. Die Stärke und Schwäche

der reinen Induction läßt sich daran nachweisen, wie z. B. in der griechischen Grammatik an der Geschichte des sogenannten praeceptum Dawesianum (s. Buttmann in der Syntax. §. 139.; die besten Codices sollen jedoch nach den neusten Vergleichungen die Observation für die gute attische Prosa bestätigen). Wenn hingegen die einzelne Grammatik auf dem Boden fester Thatsachen die Nachweisung versucht, wie es z. B. G. Hermann thut, daß sich der Sprachgebrauch nicht anders verhalten könne, oder wenn die allgemeine Grammatik aus den logischen Verhältnissen des Gedankens auf die Erfordernisse des Satzes schließt: so ergänzt sie die Induction durch die Deduction und vollendet erst darin die Erkenntniß.

Es wird wichtig sein, am Schlusse des Syllogismus und der Induction auf diese wesentliche Wechselwirkung des aus dem Einzelnen zum Allgemeinen und des aus dem Allgemeinen zum Einzelnen fortschreitenden Verfahrens aufmerksam zu machen.

§. 37 — 39.

Nach der Behandlung des Syllogismus und der Induction folgt das Enthymema und das Beispiel, die mit ihnen verwandt sind.

§. 37.

„Wahrscheinliches und ein Zeichen der Sache sind nicht dasselbe, sondern das Wahrscheinliche ist eine Prämisse, die auf der Meinung der Menschen beruht. Denn wovon man in den meisten Fällen weiß, daß es so geschieht oder nicht geschieht, ist oder nicht ist: das ist Wahrscheinliches, z. B. daß die Neider hassen, oder daß die Geliebten freundlich gesinnt sind. Aber ein Zeichen will eine beweisende Prämisse sein, die entweder nothwendig oder doch gemeinhin angenommen ist; denn gesetzt, wenn etwas ist, ist die Sache, oder wenn etwas früher oder später geschah, ist die Sache geschehn: so ist dies ein Zeichen,

image
not
available

In dieser Stelle wird ähnlich, wie in dem weitern Zu=
sammenhang der aus der Analytik aufgenommenen Stelle, das
Zeichen auf die drei Schlußfiguren zurückgeführt und darnach
geprüft.

Das beweisende Zeichen (τεκμήριον), auf einem allge=
meinen und ausschließlichen Zusammenhang der Wirkung mit
der Ursache beruhend, schließt nach der ersten Figur.

Das Zeichen, das aus dem einzelnen Falle das Allgemeine ent=
nimmt (Sokrates ist weise, Sokrates ist gerecht; also sind die Weisen
gerecht), hat die Form der dritten Figur; denn in einem gemeinsamen
Subject treffen die Prädicate zusammen. Dies Zeichen ist
darum lösbar, weil in der dritten Figur nicht allgemein ge=
schlossen werden kann und überdies in den Prämissen das All=
gemeine fehlt. Ex mere particularibus nihil sequitur. Nur
dann würde ein solcher Schluß gültig sein, wenn das Einzelne,
das als Zeichen gebraucht wird, (in dem angewandten Beispiel:
Sokrates) ein solcher Repräsentant des ganzen Geschlechts wäre,
so daß, was von ihm gilt, von allen Individuen desselben gälte.
Das Einzelne, als Zeichen gebraucht, bleibt darum zweifelhaft,
weil die unzähligen Merkmale, welche das Einzelne enthält,
das Nothwendige, das zum Grunde liegt, mit Zufälligem ver=
setzen und man daher am Einzelnen beides verwechseln kann.
Z. B. Sokrates ist weise; Sokrates hat einen Silenenkopf;
also alle Weisen haben einen Silenenkopf.

Das Zeichen, das der allgemeinere Begriff bietet (er hat
Fieber, denn er athmet kurz) folgt der Form der zweiten Figur
(alle Fiebernden athmen kurz; Cajus athmet kurz; also Cajus
fiebert). Da in der zweiten Figur nicht bejahend geschlossen
werden kann, so ergiebt sich daraus, daß diesem Zeichen die
Nothwendigkeit fehlt. In der Regel ist der Nachsatz eines hypo=
thetischen Urtheils allgemeiner als der Vordersatz, das Prädicat
allgemeiner als das Subject. Wo also der Nachsatz oder das
Prädicat Statt hat, läßt sich noch nicht auf denselben Vorder=
satz oder dasselbe Subject schließen. Die Wirkung, die man

als Zeichen einer Ursache ansieht, kann auch Wirkung einer andern Ursache sein.

Wenn man nun fragt, wie sich das, was Aristoteles das Wahrscheinliche (εἰκός) nennt, zu den Zeichen (σημείοις) verhalte: so ist es enger begrenzt. Das Wahrscheinliche ist ein Obersatz für einen Schluß erster Figur, aber auf unvollständiger Induction beruhend, eine unbestimmte Erfahrung dessen, was gewöhnlich geschieht, oder eine Annahme nach einer aus uns selbst entnommenen Aehnlichkeit. Das Zeichen, welches in der Form aller Schlußfiguren auftritt und sich auf Veränderliches und Unveränderliches bezieht, ist insofern weiter, als was Aristoteles im Leben der Menschen Wahrscheinliches nennt.

Das Zeichen (σημεῖον), wenn auch auf unvollständiger Induction beruhend, hat einen objectiven Charakter und gehört daher als causa cognoscendi in die Wissenschaft (vgl. adnot. ad §. 17.). Es bildet sich z. B. in diesem Sinne die Semiotik der Arzneiwissenschaft, die aus den äußern Anzeichen auf das Wesen der Krankheit zurückschließt (ἡ σημειωτική). Ueberhaupt finden wir uns im Leben zurecht, indem wir die Zeichen bemerken; und die Pharisäer werden in der Schrift (Matth. XVI. 3.) getadelt, daß sie die Zeichen der Zeit (τὰ σημεῖα τῶν καιρῶν) nicht zu beurtheilen vermögen. Wie die Semiotik zur Diagnose der Krankheiten, so hat im peinlichen Recht der Indicienbeweis zur Erkenntniß des Thatbestandes und der Schuld seine Anwendung. Sein logischer Werth ist nach Obigem zu beurtheilen und es darf nicht vergessen werden, die nothwendigen Zeichen, deren wenige sind, und die nicht nothwendigen zu unterscheiden, welche, an sich widerlegbar, möglicher Weise auch anders erklärt werden können. Die Psychologie des Untersuchungsrichters bewegt sich in Schlüssen aus bedeutsamen, aber doch nicht nothwendigen Zeichen; Aristoteles rechnete die Physiognomik eben dahin. Wenn mehrere Zeichen zusammentreffen, welche einzeln widerlegbar sind, so wächst die Wahrscheinlichkeit, und zwar nicht blos äußerlich durch die wachsende Zahl, sondern vornehmlich weil es immer schwerer wird, für viele zutreffende Zeichen einer vermutheten Ursache einen andern Erklärungsgrund zu finden, der sie alle auf gleiche Weise gemeinsam erledigte. In der Semiotik der Krankheiten wirkt das Arzneimittel, das gegen das aus dem Zeichen erschlossene Wesen der Krankheit gerichtet wird, für die weitere Erkenntniß zum Theil wie ein Experiment in den Naturwissenschaften, das, je nach dem Erfolg, eine Hypothese bestätigt oder zweifelhaft macht.

Die Wissenschaften sind bemüht, solche ausschließende und eigenthümliche Verbindungen von Ursache und Wirkung festzustellen, die als nothwendige Zeichen ($\tau \varepsilon \varkappa \mu \acute{\eta} \varrho \iota \alpha$) eine allgemeine Conversion des Vorder= und Nachsatzes (vgl. zu §. 14.) zulassen und einen Rückschluß fordern. Solche Zeichen überliefert uns die Grammatik, wenn sie uns aus den festen Formen der Modi oder Casus, aus den nothwendigen Bestandtheilen des Satzes auf den Gedanken, der sie hervorgebracht hat, zurück= zuschließen lehrt. Der Nominativ ist uns das $\tau \varepsilon \varkappa \mu \acute{\eta} \varrho \iota o \nu$ des Subjectes, es sei denn daß er faktitivisch stehe, das damit con= gruirende Verbum finitum das $\sigma \eta \mu \varepsilon \tilde{\iota} o \nu$ des Prädicats, der nächste Casus obliquus ein $\sigma \eta \mu \varepsilon \tilde{\iota} o \nu$ des Objectes, wodurch sich etwa das Prädicat ergänzt. Im Indicienbeweis des Criminal= rechts ist das s. g. Alibi das $\tau \eta \varkappa \mu \acute{\eta} \varrho \iota o \nu$, daß jemand das an einem Orte verübte Verbrechen nicht begangen hat. Wenn der Physiker die nothwendige und ausschließend eigenthümliche Wir= kung einer Kraft gefunden hat: so heftet er an ein solches Zeichen seine Beobachtung oder weiß es zu einem Maß um= zubilden. Man vergleiche den Polarstern oder die Richtung der Magnetnadel als ein Zeichen der Himmelsgegend, die Wet= terfahne als Zeichen der Richtung des Windes, die steigende oder fallende Quecksilbersäule in der Wage des Barometers, die sich ausdehnende oder zusammenziehende Flüssigkeit im Ther= mometer, die Umdrehungszahl der kleinen Windflügel im Ane= mometer u. s. w. Mit der Entdeckung solcher nothwendiger

Zeichen wächst die Sicherheit der Beobachtung und der Reich=
thum der Combinationen. Enthymemata (im aristotelischen Sinne)
aus solchen nothwendigen Zeichen gehören der regressiven
Methode an und bilden schon einen vollen Syllogismus.

§. 38.

„Ein Beispiel (eine Analogie) hat dann Statt, wenn ge=
zeigt wird, daß dem mittlern Begriff der obere zukommt und
zwar aus einem dem dritten Aehnlichen. Es muß dabei aber
bekannt sein, daß der mittlere dem dritten und der erste dem
ähnlichen zukommt. Z. B. es sei a Uebel, b gegen Grenz=
nachbaren Krieg anfangen, c Athener gegen Thebaner, d The=
baner gegen Phocier. Wenn wir nun zeigen wollen, daß mit
den Thebanern zu kriegen ein Uebel sei: so muß gesetzt werden,
daß mit den Grenznachbaren zu kriegen ein Uebel ist. Dies
wird nun aus den ähnlichen Fällen glaublich, z. B. weil den
Thebanern der Krieg mit den Phociern verderblich war. Da
nun der Krieg mit den Grenznachbaren ein Uebel ist und der
Krieg mit den Thebanern ein Krieg mit den Grenznachbaren:
so ist offenbar mit den Thebanern zu kriegen ein Uebel. Daß
nun b dem c und d zukommt, ist augenscheinlich; denn beide
sind Kriege mit den Grenznachbaren; und ebenso daß a dem
d; denn den Thebanern brachte der Krieg mit den Phociern
kein Heil; daß aber a dem b zukommt, wird durch d gezeigt
werden; und auf dieselbe Weise, wenn aus mehrerem Aehn=
lichen glaublich wird, daß der mittlere Begriff zu dem obersten
gehört. Es ist also offenbar, daß sich das Beispiel weder wie
ein Theil zum Ganzen, noch wie ein Ganzes zum Theil ver=
hält, sondern wie ein Theil zum Theil, wenn beide unter den=
selben Begriff fallen, einer aber erkennbar ist; und es unter=
scheidet sich dadurch von der Induction, daß diese aus allen
Einzelnen zusammen den höchsten Begriff für den mittlern
nachwies und an den höchsten keinen Schluß weiter anknüpfte;

aber das Beispiel knüpft sowol unmittelbar wieder an als es auch nicht aus allen Einzelnen nachweist."

Was Aristoteles an der vorliegenden Stelle vom Beispiel erörtert, gilt überhaupt vom Schluß der Analogie, der unter allen Formen des Erkennens die weiteste Anwendung hat. Man kann sein Wesen und zwar seine Stärke wie seine Schwäche an den von Aristoteles gegebenen Bestimmungen völlig erläutern. Vergleiche über die Analogie Logische Untersuchungen II. S. 263. ff. 302. ff.

Aristoteles weist in dem Schlusse des Beispiels eine doppelte Bewegung nach. Zunächst fehlt der allgemeine Obersatz, ja überhaupt der Mittelbegriff. Die ähnlichen Fälle (d), die mit dem Unterbegriff (c), für welchen etwas erschlossen werden soll, parallel stehen, nöthigen uns einen solchen Obersatz zu entwerfen (b ist a). Der unglückliche Krieg der Thebaner mit den Phociern, der sich zu dem Kriege der Athener mit den Thebanern wie ein Fall zu dem andern, wie Theil zu Theil verhält, giebt den Grund her, das umfassende Ganze des allgemeinen Begriffs als Obersatz zu bestimmen (jeder Krieg mit Grenznachbaren ist verderblich). Dann folgt die zweite Bewegung, welche das gewonnene Allgemeine sogleich auf den vorliegenden Fall bezieht, indem sie einen Syllogismus der ersten Figur anschließt (συνάπτει). Das Beispiel (die Analogie) ist von vorn herein nicht eigentlich darauf gerichtet, ein Allgemeines als solches für die Erkenntniß zu bilden, sondern ein Einzelnes durch ein Allgemeines zu erkennen. Daher beruhigt sich die Analogie nicht, wie die Induction, die zunächst nur eine allgemeine Erkenntniß will, bei dem hervorgehobenen Allgemeinen. Die Doppelbewegung von dem ähnlichen Einzelnen zum Allgemeinen und wieder vom Allgemeinen zu dem vorliegenden Einzelnen giebt dem Geiste, der darin nicht eine einseitige Richtung verfolgt, sondern ein Ganzes abschließt, eine eigenthümliche Befriedigung, die durch die selbstthätige Erzeugung des Allgemeinen und durch die begleitende Anschauung des ähnlichen Falles noch erhöht wird.

Die Behandlung des Einzelnen im Beispiel wird immer darauf hin gerichtet sein und darin ihr Maß finden, daß das Allgemeine, das daraus hervorgehoben werden soll, gleichsam von selbst daraus hervorspringe. Was davon abführt, wird übergangen oder in den Hintergrund gedrängt werden. Denn das Beispiel ist der Fall, der die Regel zur Anschauung bringen soll. Wenn das Beispiel des Aristoteles aus einem Redner entnommen ist, so wird dieser den Krieg der Thebaner mit den Phociern so ausführen, daß die Verhältnisse zu den Grenznachbaren dem Hörer als das entgegentreten, was das Unglück des Krieges erzeugte. So weit erhellt die Stärke des Schlusses. Aber die Frage ist die: war denn der Krieg der Thebaner mit den Phociern gerade darum verderblich, weil er überhaupt ein Krieg mit Grenznachbaren war, oder hatte dies Allgemeine vielleicht gar keinen Einfluß, so daß er nur in seinem eigenthümlichen Verlauf und Zusammenhang unglücklich war. Der widerlegende Redner wird dies geltend machen und die Berechtigung, aus dem Beispiel jenes Allgemeine hervorzuheben, anfechten. Allgemein ausgesprochen: die Anologie ist richtig, wenn sich wirklich das Einzelne des Beispiels (d) zu dem vorliegenden Einzelnen (c) in der Beziehung des erforderten Ganzen und Allgemeinen wie ein Theil zum andern verhält, und wenn dadurch die einzelnen Fälle volles Recht geben, den nöthigen Obersatz allgemein zu bilden; die Analogie ist hingegen verfehlt, wenn in dem sonst ähnlichen Begriff (d) nur die besondere und eigenthümliche Beschaffenheit, aber nicht das allgemeine Wesen (b), das er mit dem vorliegenden Einzelnen (c) theilt, die Aussage (a) hervorgebracht hat. Eine Vermittelung durch b ist dann nicht möglich.

Treffende Beispiele finden sich in der Rhetorik des Aristoteles (**II. 20.**). Dort ist mit Recht die Fabel, die auch im ältern Deutsch Bispel heißt, in das Bereich des $\pi\alpha\varrho\dot\alpha\delta\varepsilon\iota\gamma\mu\alpha$

gezogen (vgl. z. B. Liv. II. 32.). Andere Beispiele der Ana=
logie findet man leicht bei Xenophon in den sokratischen Reden.
Sokrates behauptet (Xen. mem. I. 2. §. 9. Aristot. rh.
II. 20.), daß es verrückt sei, die Archonten der Stadt durch
das Loos zu wählen; denn es würde verrückt sein, jemand
zum Steuermann und Handwerker und Flötenspieler nicht nach
der Einsicht, sondern nach dem Zufall des Looses zu bestimmen.
Aus der Analogie soll zunächst der allgemeine Obersatz hervor=
springen. Wo besondere Kenntniß und besondere Einsicht
nöthig ist (b), da ist es thöricht (a), den, der sie haben soll,
durchs Loos zu bestimmen. Dann soll sich von selbst der Un=
tersatz darunter stellen, daß zum Archonten (c) besondere Kennt=
niß und besondere Einsicht nöthig sei. Also sei es thöricht,
den Archonten durchs Loos zu gewinnen. Die Beispiele Steuer=
mann, Handwerker, Flötenspieler bilden dabei das Aehnliche (d).
So stimmt dieser Fall mit dem von Aristoteles in unserer Stelle
benutzten völlig überein. Archonten auf der einen, und Steuer=
mann, Handwerker, Flötenspieler auf der andern Seite ver=
halten sich wie Theil zu Theil in Bezug auf den ganzen Be=
griff derer, die zu einem Geschäft Kenntniß und Einsicht bedür=
fen. Wer indessen, wie Forchhammer, im Interesse der in
Athen bestehenden Verfassung diesen sokratischen Schluß der Ana=
logie angreift, richtet seinen Scharfsinn gerade dagegen, daß sich
die betreffenden Begriffe (c und d) wie Theil zu Theil ver=
halten und leugnet daher die Subsumtion unter das aus jenen
unähnlichen Fällen gebildete Allgemeine. „Die Ernennung
durchs Loos beruhte auf der Voraussetzung, daß die athenischen
Bürger nicht bloß vor dem Gericht, sondern in ihrer ganzen
Beziehung zum Staat unter einander gleich wären, daß jeder
Bürger nicht nur die Theilnahme für das Wohl des Vater=
landes hegte, sondern auch die Kenntnisse für die erlosbaren
Aemter besitze, welche der Staat forderte.“ „Die erlosbaren
Aemter waren nur solche, zu deren Verwaltung es eines ge=
sunden Verstandes und der Kenntnisse der attischen Verfassung

beburfte. Aemter dagegen, welche besondere Kenntniſſe und Fähigkeiten erforderten, ſowol untergeordnete wie das eines Steuermanns oder Flötenbläſers, als auch höhere, wie die Aemter der Feldherrn, der Geſandten, der Verwalter des Staats= vermögens, blieben ſtets der Wahl unterworfen."

In den wiſſenſchaftlichen Schriften der Alten tritt die Analogie, ihrem Namen gemäß, als Proportion auf, und noch Kant erklärte die Analogie als die Gleichheit zweier qua= litativer Verhältniſſe. Will man dafür Beiſpiele, ſo ver= gleiche man unter andern Plato's Gorgias S. 464. 465. St., Ariſtoteles „über die Theile der Thiere" I. 4. und man erin= nere ſich an den Streit über Analogie und Anomalie bei den griechiſchen Grammatikern. Bei näherer Unterſuchung läßt ſich dieſe geometriſche Form auf jene logiſche Erörterung des Bei= ſpiels zurückführen. Schon die Grammatiker nannten das Schema der Anlogie, das Einzelne, in welchem das allgemeine Geſetz einer Abwandlung hervortreten ſoll, Paradeigma. In der Mathematik liegt der Möglichkeit, aus den drei bekannten Gliedern einer geometriſchen Proportion (ἀναλογία) das vierte unbekannte zu finden, ein vorausgeſetztes allgemeines Geſetz der Zahlenerzeugung zum Grunde, das ſich in der Beziehung des Exponenten darſtellt. Auf ähnliche Weiſe wird in dem Schluſſe der qualitativen Analogie ein Allgemeines vorausgeſetzt, das die Eigenſchaften des Einzelnen gleichmäßig erzeugt. So wäre, um die Zuſammenſtellung durchzuführen, in jenem ariſto= teliſchen Beiſpiel der allgemeine Begriff (Krieg mit Grenz= nachbarn) dem gemeinſchaftlichen Exponenten zu vergleichen. Wie man ſich bei der Auflöſung der Regeldetri ſelten den Ex= ponenten ſelbſt zur Anſchauung bringt, ſo iſt häufig die Ana= logie blind und ohne Bewußtſein des Allgemeinen, das ſie vorausſetzt. Daher hat die ariſtoteliſche Auffaſſung in der vor= liegenden Stelle zur Prüfung der Analogien beſonderen Werth. Ohne das Allgemeine tappt man in der Analogie nur umher und verſucht, wie in den Naturwiſſenſchaften, ſtatt eigentlich zu

schließen. Beispiele falscher Analogien hat man in dem Gesichtspunkt einer unrichtigen Regelmäßigkeit, wenn ältere deutsche
Grammatiker die starke Form der Conjugation zur Analogie
der schwachen überzwangen. So findet man eine falsche Analogie bei der Frage, ob man χρῆσθαι oder χρᾶσθαι sagen
müsse bei Sext. Empir. adv. gramm. I. §. 196. ff.; wie
sich κτῆσις zu χρῆσις, so verhalte sich κτᾶσθαι zu χρᾶσθαι
(vgl. A. Gellius II. 25.).

Die Analogie ist stillschweigend der Leitfaden unserer sich
erweiternden Erkenntniß; und wo sie entsprechende Reihen bildet,
gewährt sie dem Geiste eine eigene Freude, weil sie die Einheit eines gemeinsamen Gesetzes mitten in der Mannigfaltigkeit, und ganz in der Anschauung des Einzelnen durchscheinen
läßt und das Einzelne mit der Helligkeit seines eigenen Allgemeinen gleichsam überrascht. Man vergleiche in der ersten
Beziehung die Weise, wie das Kind sprechen lernt und seine
Vorstellungen erweitert, und die Geschichte der Entdeckungen
und Erfindungen (s. Logische Untersuchungen a. a. O.), und
in der andern Beziehung erinnere man sich an die lehrreichen
Analogien zwischen den drei ersten Potenzen und der Linie,
dem Quadrat und Würfel, zwischen der Lehre vom Parallelogramm und Parallelepipedon, dem Kreise und der Kugel, in
der Lehre von dem Licht, der Wärme und dem Schall, an die
Analogien zwischen den verschiedenen Sinnen und endlich an
die analogen Erscheinungen in der Grammatik der verschiedenen
Sprachen.

Aristoteles hat die große subjective Wirkung der Beispiele
bemerkt (probl. XVIII. 3.), und fragt schon, warum sich in
den Reden die Menschen mehr an den Beispielen, als an den
Schlüssen freuen. Das Beispiel geht auch in der Weise der
Wirkung mit der einleuchtenden Induction parallel. Die Analogie hat noch mitten in der Prosa der Wissenschaft den Zauber
der poetischen Metapher, bis sie ihn, wie die Blüte ihre Far-
ben, an die reife Frucht des Begriffs abgiebt.

§. 39.

„Beide Arten des Beweises, Schlüsse und Inductionen, lehren durch Vorerkanntes, die einen das Princip aus dem Verständniß des Begriffs nehmend, die andern das Allgemeine daraus nachweisend, daß das Einzelne sich so zeigt. So über= zeugen auch die Gründe der Redner, entweder durch Beispiele, welches Induction ist, oder durch Enthymemen, welches Syllo= gismus ist."

Die ganze Erkenntniß vollendet sich sowol auf dem Ge= biet der objectiven Wissenschaft als auch im Kreise der sub= jectiven Ueberzeugung durch diese Wendung und Gegenwendung vom Einzelnen zum Allgemeinen und vom Allgemeinen zum Einzelnen. Beispiele für das Rhetorische kann jede Rede des Demosthenes oder Cicero bieten.

§. 40. 41. 42.

Diese Paragraphen handeln von der Widerlegung und den Fehlern der Schlüsse.

„Widerlegung (Ueberführung) ist ein Schluß des Wider= spruchs."

„Einwurf (Instanz) ist eine einer andern entgegengesetzte Prämisse; jedoch unterscheidet er sich von der Prämisse, weil der Einwurf particular sein kann, die Prämisse aber entweder überhaupt nicht oder doch nicht in den allgemeinen Schlüssen."

„Da seiner Natur nach ein Theil durch sich selbst, ein anderer durch anderes erkannt wird (denn die Principien werden durch sich selbst, was unter die Principien fällt, wird durch anderes erkannt): so wird dann, wenn man das aus sich nicht Erkennbare aus ihm selbst zu zeigen versucht, das zu Bewei= sende vorausgesetzt."

„Man scheint auf fünferlei Art das zu Beweisende voraus= zusetzen. Am augenscheinlichsten und zuerst, wenn man das, was gezeigt werden sollte, selbst voraussetzt. Das kann bei der Sache selbst nicht leicht verborgen bleiben, aber in den Synonymen leichter und allenthalben da, wo der Name und der Begriff dasselbe bezeichnet. Zweitens, wenn man das, was man im Theil beweisen sollte, allgemein voraussetzt, z. B. könnte man, indem man beweisen will, daß Gegensätze unter eine und dieselbe Wissenschaft fallen, überhaupt voraussetzen, daß alles, was sich entspricht, Eine Wissenschaft hat; denn dann scheint man, was man an und für sich beweisen müßte, mit mehrerem Andern vorauszusetzen. Drittens, wenn man etwas, das allgemein zu zeigen die Aufgabe ist, theilweise vor= aussetzte, z. B. wenn jemand, da es die Aufgabe wäre, es von allen Gegensätzen nachzuweisen, es von einigen bestimmten voraussetzte; denn auch dann scheint man, was man mit meh= rerem zusammen zeigen sollte, für sich getrennt vorauszusetzen. Wiederum wenn man durch Theilung das Aufgegebene vor= aussetzt, z. B. wenn man zeigen sollte, daß die Arzneikunde das Gesunde und Kranke zum Gegenstand hat, und dann jedes von beiden voraussetzt. Oder wenn man von dem, was noth= wendig aus einander folgt, das Eine voraussetzen würde, z. B. daß die Seite mit der Diagonale eines Quadrats kein gemeinschaftliches Maß habe, wenn bewiesen werden soll, daß die Diagonale mit der Seite kein gemeinsames Maß habe."

Während die Widerlegung (Elenchus), gegen das ganze Er= gebniß eines andern Schlusses gerichtet (μετ' ἀντιφάσεως του συμπεράσματος de soph. elench. c. 1.), ein Gegenschluß ist, der den einem andern widersprechenden Schlußsatz liefert: wendet sich der Einwurf (die Instanz) gegen die Prämisse eines Schlusses und hebt den Schluß auf, indem sie einer seiner Prämissen widerspricht.

Man wird die passendsten Beispiele aus den Rednern wählen, die gerade zur Hand sind, oder aus den widerlegenden Dialogen bei Xenophon und Plato, z. B. aus Plato's Gorgias, dem ersten Buche des Staates, oder aus Lessings polemischen Schriften u. dgl. Die Erläuterungen werden um so angemes= sener sein, wenn sie auf die Schriften oder die Kreise der

Wiſſenſchaften zurückgehen, in welchen ſich gerade der Schüler bewegt. Wir beſchränken uns auf wenige Andeutungen.

In der nikomachiſchen Ethik (I. 3.) überführt Ariſtoteles diejenigen eines Irrthums, welche die höchſte Glückſeligkeit des Lebens in die politiſche Ehre ſetzen. Die Stelle kann daher als Beiſpiel eines ἔλεγχος dienen, indem ſich die angedeuteten Gründe leicht in die Form eines vollen Schluſſes überſetzen laſſen. „Die gebildeten und praktiſchen Männer," heißt es a. a. O., „wählen als Glückſeligkeit Ehre; denn das iſt das Ziel des politiſchen Lebens. Doch ſcheint dies etwas Oberflächlicheres zu ſein, als das höchſte menſchliche Gut, das geſucht wird. Denn die Ehre liegt mehr in der Hand des Ehrenden als deſſen, der geehrt wird; aber jenes Gute denken wir uns doch als ein Eigenthum und ſchwer zu nehmen. Ferner ſcheinen ſie nach Ehre zu jagen, um für gut gehalten zu werden; ſie ſuchen nämlich unter dem Preiſe der Tugend von den Einſichtigen und bei den Bekannten geehrt zu werden. Offenbar iſt alſo nach ihrer Meinung die Tugend noch vorzüglicher." Hier behauptet die Menge, die Ehre iſt das letzte Gut, und dieſe Behauptung, das Ergebniß ihrer Ueberlegungen, iſt der Schlußſatz, gegen welchen ſich der Gegenſchluß richtet. Die Widerlegung iſt ganz nach der Weiſe des dialektiſchen ἔλεγχος aus der eigenen Mei‑ nung der Behauptenden geführt. Zunächſt wird ein Schluß der zweiten Figur gebildet: das letzte Gut muß ein feſtes Eigen‑ thum des Beſitzenden ſein (allgemein); die Ehre iſt dies nicht (allgemein); alſo iſt ſie auch nicht das letzte Gut. Dem zwei‑ ten Gegenbeweiſe liegt ein Schluß der erſten Figur zu Grunde: was noch durch einen andern Zweck beſtimmt wird, iſt nicht das höchſte Gut; die Ehre wird durch einen andern Zweck (Tugend) beſtimmt; alſo iſt ſie nicht das höchſte Gut. Dieſe nackten Schlüſſe ſind gleichſam das tragende Gerippe der ſich frei be‑ wegenden Widerlegung.

Die unter der Analogie (§. 38.) behandelten Fälle bieten Beiſpiele der Inſtanz. In dem erſten derſelben war eine

Widerlegung durch den Einwurf wider den Obersatz, im zweiten durch den Einwurf gegen den Untersatz möglich. Vgl. Beispiele aus den Wissenschaften: Logische Untersuchungen II. S. 264 f. Soll bei einer Anklage ein bestehendes Gesetz auf eine That angewandt werden, so wird selten eine Instanz gegen den Obersatz, das feste Gesetz, auszuführen sein. Aber der Vertheidiger wehrt sich gegen die Subsumtion und richtet daher seine Einwürfe gegen den Untersatz. Die Ankläger des Sokrates behaupten: alle ἀσεβεῖς sind schuldig, Sokrates ist ein ἀσεβής, also ist Sokrates schuldig. Die Schlüsse bei Xenophon (memor. I. 1. §. 2.) sind Instanzen gegen den Untersatz. Sokrates ist kein ἀσεβής; denn er hat immer den Göttern der Stadt an den öffentlichen Altären geopfert und sich der Zeichen der Mantik bedient u. s. w.

Die Bestimmungen des §. 41., eine Warnung vor dem von Ungeübten leicht begangenen Zirkel und eine Hinweisung auf eine strenge Abfolge, haben wissenschaftlich besonders in der Untersuchung der Principien Bedeutung. Es kann dabei an die auf das 11. euklidische Axiom gegründete Lehre von den Parallelen erinnert werden. Der 29. Satz im ersten Buche des Euklides (wenn zwei gerade Linien parallel sind, so bildet eine dritte schneidende gleiche Wechselwinkel) würde ohne Hülfe des 11. Grundsatzes (wenn zwei gerade Linien von einer dritten so geschnitten werden, daß die beiden innern Winkel zusammen kleiner als zwei rechte sind, so treffen sie genugsam verlängert zusammen) und dieser Grundsatz selbst würde bewiesen werden können, wenn man den Satz (I. 32.), daß in jedem Dreieck die Summe der Winkel gleich zwei rechten ist, als stände er durch sich fest, voraussetzen könnte. Da aber dieser selbst von den Parallelen abhängt, so wäre ein solcher Beweis ein Hysteronproteron, das in einen Zirkel ausliefe, und könnte auf die von Aristoteles in der Stelle der Topik bezeichnete fünfte Weise zurückgeführt werden. Viele Versuche, den 11. Grundsatz des Euklides zu beweisen, sind auf ähnliche

Weise mißlungen. Soll überhaupt jeder Zirkel vermieden und soll kein Grundsatz ohne die Evidenz des Ursprünglichen angenommen werden: so ist die Aufgabe, das Abgeleitete und Abhängige von dem Ursprünglichen und Unabhängigen zu unterscheiden.

Aristoteles hat in der Erläuterung der fünf Fälle (top. VIII. 13.) handgreifliche Beispiele gewählt. Selten treten sie jedoch so unmittelbar und unbekleidet auf, sondern meistens verhüllter und in einer vermittelten Gedankenreihe. Ob die Gegensätze, wie das Gerade und Krumme, die gerade und ungerade Zahl, das Gesunde und Kranke, das Gute und Böse unter Eine Wissenschaft fallen, ist eine Streitfrage der Alten, die Aristoteles häufig als Beispiel berührt. Da innerhalb jedes Geschlechts, das den Gegenstand einer Wissenschaft bildet, Gegensätze entspringen, welche die Weite des Gebietes in den entlegensten Punkten darstellen (vgl. zu §. 11.): so umfaßt jede Wissenschaft Gegensätze; und sollen sich alle Wissenschaften einer Einheit unterordnen, so werden sie in dieser auf einen letzten und höchsten Gegensatz hingewiesen, der sich die übrigen unterordnet. Doch dies nur als ein Vorblick, wenn es sich darum handelte, das Beispiel des Aristoteles weiter zu verfolgen.

§. 43. 44.

Diese Paragraphen erörtern den Werth des bejahenden und verneinenden und den Werth des indirecten Beweises.

„Der bejahende Satz ist früher und erkennbarer als der verneinende; denn durch die Bejahung ist die Verneinung erkennbar und die Bejahung ist früher, wie überhaupt das Sein früher als das nicht Sein; ferner ist der bejahende Beweis mehr Princip; denn ohne den zeigenden Beweis ist der aufhebende unmöglich."

„Alle diejenigen, die einen Beweis durch das Unmögliche

hindurch führen, erschließen zunächst zwar Falsches, aber zeigen das ursprünglich zu Beweisende unter einer Voraussetzung, wenn sich nämlich durch die Annahme des widersprechenden Gegentheils Unmögliches ergiebt."

„Der ins Unmögliche führende Beweis (der indirecte) verhält sich so. Wenn etwa gezeigt werden soll, daß das a dem b nicht zukommt (b ist nicht a), so muß man annehmen, daß es ihm zukommt (b sei a) und ferner komme b dem c zu (c sei b). Dann folgt, daß a dem c zukommt (c ist a). Dies sei als unmöglich erkennbar und eingeräumt. Es ist also nicht möglich, daß a dem b zukomme. Wenn also zuge= standener Maßen das b dem c zukommt, so ist es unmöglich, daß a dem b zukomme. Da aber der bejahende Beweis besser ist als der verneinende, so ist er offenbar auch besser als der ins Unmögliche führende (der indirecte)."

Aristoteles hat zwar in der ausgezogenen Stelle seine Begründung, daß der bejahende Beweis größere Bedeutung als der verneinende habe, auf das syllogistische Verhalten be= schränkt, da ohne eine bejahende Prämisse auch nicht ein ver= neinender Schlußsatz (ein negativer Beweis) erzeugt werden kann. Der Satz hat jedoch eine Ausdehnung, die über diese Grenzen hinausgeht. Aristoteles deutet schon die reale Bezie= hung kurz und bündig an: „die Bejahung ist früher als die Verneinung, wie überhaupt das Sein früher als das nicht Sein." In der Bejahung, welche die Bestimmtheit der Sache ausdrückt, liegt die Quelle vieler Bejahungen und Verneinun= gen, während die Verneinung für sich nichts erzeugt. In dem bejahenden Satze, daß das Dreieck eine ebene durch drei Sei= ten eingeschlossene Figur sei, liegt der Grund aller der Beja= hungen, die seine Eigenschaften ausdrücken, und der Grund aller der Verneinungen, die ihm das Eigenthümliche anderer Figuren (Vielecke, Kreise) absprechen. Aber die Verneinung, daß kein Dreieck ein Kreis sei, kann nur in einem beschränkten Umfange nichts als Verneinungen erzeugen, indem sie dem

Dreiecke die Eigenschaften des Kreises u. s. w. abspricht, aber auch dies nur durch die Hülfe von Bejahungen, durch welche der Kreis erkannt wird. Wie ergiebig ist für das grammatische Verständniß die Eine Bejahung, daß der Nominativ das Subject darstelle; wie wenig würde es nützen, wenn man blos wüßte, daß es nicht im Genitiv zu suchen sei u. s. w. Die Bejahung ist also mehr Princip (ἀρχοειδεστέρα) als die Verneinung. Was von dem Werthe der bejahenden und verneinenden Urtheile überhaupt gilt, findet leicht seine Anwendung auf den Beweis, dessen Ertrag ein bejahendes oder verneinendes Urtheil ist. Die Natur der Verneinung ist in den Logischen Untersuchungen (II. S. 89 ff.) näher behandelt worden.

Den indirecten Beweis hat Aristoteles in der vorliegenden Stelle einfach beschrieben und richtig gewürdigt. Vergl. über sein Wesen und seine Anwendung Logische Untersuchungen II. S. 320 ff.

Um die Momente in der aristotelischen Stelle hervorzuheben, erinnere man zuerst an die ὑπόθεσις (a ist b oder nicht b) und deren Consequenz (nach §. 10.); man erinnere weiter an die Richtigkeit des Rückschlusses von sich ergebenden falschen Folgen auf eine falsche Basis in den Prämissen (§. 32.) und zwar hier, wenn sonst richtig subsumirt und richtig geschlossen ist, auf die falsche Annahme des contradictorischen Gegentheils; und man folgere daraus die Nothwendigkeit der andern Seite der dichotomischen Disjunction.

Die indirecten Beweise sind uns in der Geometrie geläufig (Euklid. Elem. I. 4. 6. 7. 14. 19. 25. 26. 27. 29. u. s. w.), und kommen uns gewöhnlich da zuerst zum Bewußtsein. Uebrigens sind sie in ihrer einfachen Form über alle Gebiete unsers Denkens verbreitet. Wo wir widerlegen, wo wir etwas durch Ausschließen bestimmen, bedienen wir uns des indirecten Beweises. Wir verwerfen z. B. an einer Stelle eine Wortverbindung (d. h. wir urtheilen, daß sie nicht Statt habe), weil sie angenommen entweder etwa einer festen grammatischen Regel widersprechen oder in ihren Folgen für den Sinn des Ganzen Unmögliches ergeben würde. Schon früh schloß man, die Gestalt der Erde sei rund; denn sonst (angenommen, daß sie eckicht wäre) würde ihr Schatten bei der Mondfinsterniß Ecken zeigen (Arist. de coel. II. 14.). Die Sprache hat für die weit verbreitete Weise des indirecten Schlusses die Conjunction „sonst" gebildet. Im Sittlichen sind die Motive, welche aus den Folgen des Gegentheils genommen werden, mangelhaft, z. B. die Furcht vor den Folgen, wenn eine Pflicht unterlassen oder verletzt wird. Es bedarf vielmehr der positiven Gründe in der Gesinnung und Erkenntniß.

Der indirecte Beweis, der in der verneinenden Ausschließung seine Kraft hat, giebt den verneinenden Modis der ersten Figur und der ganzen zweiten Schlußfigur mit ihren nur verneinenden Ergebnissen wissenschaftliche Anwendung. In §. 30. liegt ein passendes Beispiel vor. Daß der Schluß des Wesens in der ersten Schlußfigur geschehe, wird dort durch die Ausschließung der beiden andern Schlußfiguren, also indirect gefunden. Der Beweis bewegt sich dabei in der zweiten Figur. Der erste Schluß lautet: alle Erkenntniß des Wesens ist bejahend; aber keine Erkenntniß in der zweiten Schlußfigur ist bejahend; denn sie ist verneinend. Also keine Erkenntniß in der zweiten Schlußfigur ist Erkenntniß des Wesens. Dann heißt es weiter: alle Erkenntniß des Wesens ist Erkenntniß des Allgemeinen; aber keine Erkenntniß in der dritten Schlußfigur ist Erkenntniß des Allgemeinen; denn sie ist immer particular. Also keine Erkenntniß in der dritten Schlußfigur ist Erkenntniß des Wesens. Da es nun im aristotelischen Sinne nur drei Schlußfiguren giebt, so fällt die directe Erkenntniß des Wesens der ersten Figur allein zu, durch welche in der That bejahend und allgemein zugleich geschlossen werden kann.

Der indirecte Schluß, der nur aus der Verneinung eines Gegentheils zu Stande kommt, giebt keine Einsicht in die positiven und erzeugenden Gründe der Sache. Daher steht er niedriger, als der directe Schluß; und es muß die Wissenschaft darauf gerichtet sein, den indirecten Schluß, wo es sein kann, durch den directen zu ersetzen, oder, wie bei Berathschlagungen und in der Gesetzgebung, die eine Betrachtung durch die andere zu ergänzen. Wenn Aristoteles den Beweis des Satzes, daß die Diagonale eines Quadrats mit der Seite desselben incommensurabel sei, als Beispiel eines indirecten Schlusses anführt, weil die Annahme des Gegentheils darauf hinauslaufe, daß dieselbe Zahl gerade und ungerade sei (vergl. noch Euklides Elemente X. 117.): so wird derselbe Satz später direct erkannt, da die Wurzel von 2 irrational ist.

§. 45 ff.

Da sich die Schlüsse im Beweise vollendet haben, so behandeln die folgenden Paragraphen die bis dahin unerörterte Voraussetzung derselben, die Principien, und knüpfen zunächst an §. 15—20. wiederum an, wo gefragt wurde, woher wir wissen. Der Faden jener Untersuchung wird nun wieder aufgenommen und nach den Punkten des Anfangs verfolgt.

§. 45 — 48.

„Der Gegenstand der Erkenntniß und die Erkenntniß unterscheidet sich von dem Gegenstand der Meinung und dem Meinen, inwiefern das Erkennen allgemein ist und durch Nothwendiges zu Stande kommt, das Nothwendige aber sich nicht anders verhalten kann, die Meinung indessen etwas Unsicheres ist."

„Induction ist zwar ohne sinnliche Wahrnehmung nicht möglich; denn die sinnliche Wahrnehmung geht auf das Einzelne. Aber man kann auch nicht durch sinnliche Wahrnehmung allein erkennen und wissen. Denn wenn sich auch die sinnliche Wahrnehmung auf ein Qualitatives und nicht auf ein bestimmtes Einzelne bezieht, so kann man doch nothwendig nur ein Einzelnes und irgendwo und jetzt wahrnehmen. Was aber allgemein ist und in allem, das ist (als solches) unmöglich wahrzunehmen. Denn es ist kein räumlich Einzelnes und jetzt; denn dann wäre es nicht allgemein. Was immer ist und allenthalben, nennen wir allgemein. Wenn wir daher z. B. auch (während einer Mondfinsterniß) auf dem Mond wären und die Erde das Sonnenlicht versperren sähen, so würden wir doch nicht die Ursache der Mondfinsterniß wissen; denn wir würden nur wahrnehmen, daß der Mond sich jetzt verfinstert, aber nicht warum überhaupt; denn es gab keine Wahrnehmung des Allgemeinen."

„Allgemein heißt, was jedem Dinge (eines Geschlechts) zukommt und an und für sich und inwiefern es gerade das ist, was es ist. Offenbar ist also, daß alles, was allgemein ist, den Dingen nothwendig zukommt. Die Ausdrücke „an und für sich und inwiefern es gerade das ist, was es ist" bedeuten dasselbe. Z. B. an für sich kommt der Linie ein Punkt zu und inwiefern sie Linie ist; und dem Dreieck, inwiefern es Dreieck ist, eine Summe gleich zwei rechten Winkeln; denn auch an und für sich ist ein Dreieck (in seinen Winkeln) zwei rechten gleich. Das Allgemeine ist dann vorhanden, wenn es von jedem beliebigen Einzelnen des Geschlechts und von dem Geschlecht als demjenigen, in welchem es sich zuerst und ursprünglich findet, nachgewiesen wird."

„Dasjenige, dem etwas an und für sich zukommt, ist dadurch gerade sich selbst Grund. Da aber das Allgemeine das ist, was ursprünglich zukommt, so ist es Grund."

Allgemeinheit und Nothwendigkeit giebt der erkennenden Wissenschaft gegen die schwankende Meinung festen Boden. Was sich, wie das nur Sinnliche, immer anders verhält, und daher den Charakter des Beständigen, was nicht anders sein kann, von sich ausschließt, überhaupt das Zufällige, fällt nach Aristoteles außer der Wissenschaft und giebt sich der Meinung Preis. Wenn dabei zunächst das Nothwendige als das gefaßt wird, was sich nicht anders verhalten kann, wie es sich im indirecten Beweis ausspricht, der die Möglichkeit versucht, ob sich etwas anders verhalten könne: so wird sodann (§. 47.) das, was einem Begriff an und für sich zukommt, als das Allgemeine und Nothwendige bezeichnet. Diese positive Bestimmung ergänzt jene negative.

Man erläutere diese doppelte Bestimmung zunächst an den §. 47. gebrauchten Beispielen. Die Linie hat Punkte in sich; denn (positiv §. 47. top. VI. 4.) sie ist aus der Bewegung eines Punktes entstanden, oder (indirect §. 45.) wäre in ihr kein Punkt, so wäre sie nichts Räumliches; denn der Punkt liegt aller Raumbestimmung zum Grunde. Der Beweis des Satzes, daß in jedem Dreieck die Summe der drei Winkel gleich zwei rechten sei, geht bei Euklides, in seine Gründe verfolgt, auf eine indirecte Begründung zurück. Satz 32. im ersten Buch stützt sich auf Satz 29. und dieser wird indirect bewiesen und zwar nur so, daß der bekannte 11. Grundsatz gegen die Möglichkeit, daß sich die Sache anders verhalte, Widerstand leistet. Aristoteles fordert mehr, da er den Satz als einen solchen ansieht, welcher mit der Natur des Dreiecks identisch ist und in dem τί ἐστι des Dreiecks (analyt. post. I. 4.) liegt. In der That spricht der Satz das ausschließend Eigenthümliche aus, das unter allen ebenen geradlinigen Figuren allein dem Dreieck zukommt. Das euklidische System ist hier nur hinter der Sache zurückgeblieben. Wenigstens müßte es doch nach seiner eigenen Analogie die Umkehrung des Satzes versuchen. Beispiele in andern Kreisen ergeben sich leicht. Soll etwa die Nothwendigkeit des Gehorsams gegen den Führer in einem gemeinsamen kriegerischen Unternehmen erhellen, so ergiebt sie sich indirect (§. 45.), da sonst das Ganze zerfallen und der Zweck verfehlt würde, oder positiv (§. 47.) als das, was die Sache an und für sich fordert und inwiefern sie das ist, was sie ist, da die Einheit des gemeinsamen Zweckes die gemeinsame Hingebung der ausführenden Kräfte bedingt.

Werden nun die Ursprünge der Erkenntniß aufgesucht

(§. 45 ff.), so finden sie sich zunächst nicht in der sinnlichen Wahrnehmung.

Wir erkennen nur durch das Allgemeine. Dies zeigt sich nach der Seite der Erscheinung hin als das, was sich in einem Geschlechte allenthalben und immer findet (§. 45.), nach der Seite des Begriffs als das, was einem Dinge an und für sich zukommt und inwiefern es es selbst ist (§. 47.). Beide Bestimmungen, die sich an den eben angeführten Beispielen des Nothwendigen leicht erläutern, gehen über die sinnliche Wahrnehmung hinaus. Denn diese ist einmal an das Hier und Jetzt gebunden, und ist immer einzeln, wie das Sinnes= organ, durch das sie zu Stande kommt, obwol jeder Sinn in der Qualität, die er offenbart (Farbe, Schall ꝛc.), eine allge= meine Bestimmung hat; zweitens ergreift die sinnliche Wahr= nehmung nur die Thatsache, nicht den Grund als solchen, der das Wesen der Sache bildet (analyt. post. I. 31.).

Indem die Induction aus dem Einzelnen das Allgemeine erstrebt, ist sie durch die sinnliche Wahrnehmung bedingt. Aber diese giebt ihr nur das Motiv, das Allgemeine zu suchen, und das Material, in welchem es angeschauet wird. Das Allge= meine selbst als das Nothwendige liegt jenseits ihrer Grenzen. Man erläutert es leicht an den obigen Beispielen des Noth= wendigen.

Das Allgemeine und Nothwendige entspringt da allein, wo das erkannt wird, was einem Dinge nach seinem Wesen an und für sich zukommt und inwiefern es gerade das ist, was es ist. Aristoteles geht in der Bestimmung dieses An und für sich (des $\varkappa\alpha\vartheta$ $\alpha\dot{\upsilon}\tau\grave{o}$ und $\tilde{\tilde{\eta}}$ $\alpha\dot{\upsilon}\tau\acute{o}$) auf die Definition zurück, die mit dem Grunde das Wesen auffaßt (das $\tau\acute{\iota}$ $\check{\epsilon}\sigma\tau\iota$ vgl. unten §. 60.) und seine Erklärung würde ähnlich, wie in Kants analytischem Urtheil, das als nothwendig aussprechen, was in dem Begriffe des Subjects liegt, und dies durch Auf= lösung finden wollen. Da jedoch das Wesen, das der Begriff in sich fassen soll, nur aus dem erzeugenden Grunde verstan= den wird: so wäre eine solche Auflösung nur ein Zweites.

Es ließe sich ein Mangel der aristotelischen Bestimmung (§. 47.) darin finden, daß das Nothwendige und Allgemeine nur in dem Falle bezeichnet ist, wenn sich der Begriff auf sich bezieht und auf sich beschränkt ($\varkappa\alpha\vartheta'\ \alpha\dot{\upsilon}\tau\grave{o}\ \varkappa\alpha\grave{\iota}\ \tilde{\eta}\ \alpha\dot{\upsilon}\tau\acute{o}$) und nicht da, wo er, mit andern zusammentreffend, mitten in der erzeugenden Bewegung steht; und doch ist dies die eigentliche Quelle der Erscheinungen, die als nothwendig zu begreifen sind. Ein Beispiel wird diesen Einwand erläutern. Man bestimmt den Kreis als eine Figur, die sich dann erzeugt, wenn sich in einer Ebene eine gerade Linie um den einen ihrer Endpunkte so lange bewegt, bis sie in ihre ursprüngliche Lage zurückgekehrt ist. Der erzeugende Grund bringt darin das Wesen des Kreises als seinen Ertrag hervor, namentlich den constanten Abstand der Peripherie vom Mittelpunkt. Dies An und für sich ist das Nothwendige und Allgemeine des Kreises; aber es beschränkt den Kreis ganz auf sich selbst, der vielmehr seine Eigenschaften erst dann völlig offenbart, wenn er mit der geraden Linie oder mit andern Curven in Wechselwirkung tritt. Denn erst dann ergeben sich die Sätze von den Verhältnissen der sich schneidenden Sehnen, der Tangenten, der Peripherie- und Centriwinkel u. s. w. Solche Sätze (Euklides Elem. B. 3. u. 4.) würde man unrichtig als eine bloße Entwickelung dessen, was im Begriff des Kreises liegt, ansehen. Denn der Begriff der geraden Linie wirkt ebenso wesentlich mit. Daher scheinen diese allgemeinen und nothwendigen Sätze auf den ersten Blick von der aristotelischen Erklärung ausgeschlossen zu sein. Aber in der That sind sie es nicht, da sich in solchen Fällen auch das Subject näher bestimmt, worauf sich das $\varkappa\alpha\vartheta'\ \alpha\dot{\upsilon}\tau\grave{o}$ und $\tilde{\eta}\ \alpha\dot{\upsilon}\tau\grave{o}$ bezieht. In dem gegebenen Beispiel ist dies nicht mehr der Kreis allein, sondern Kreis und gerade Linie in bestimmtem Verhältniß zu einander. Es ist die schaffende That unsers Geistes, dem erzeugenden Grunde nachzugehen und daraus das Wesen zu entwerfen.

Aristoteles erläutert den Beweis dessen, was einer Sache

an und für sich zukommt, an dem Verfahren der Geometrie. Die Eigenschaft des Dreiecks, daß die Winkel gleich zwei rechten sind, kommt dem Dreieck zuerst zu, aber z. B. nicht dem höhern Begriff einer geradlinigen ebenen Figur überhaupt, der dem Dreieck vorangeht, und kann an jedem beliebigen Dreieck, welcher Art es sei, nachgewiesen werden (ἐπὶ τοῦ τυχόντος καὶ πρώτου). Dies zeigt sich, wenn der Geometer zur Demonstration als Beispiel des Allgemeinen das erste beste Dreieck an die Tafel zeichnet. Wenn auf diese Weise erhellt, daß ein Begriff weder dem höhern überhaupt noch dem niedern allein zukommt: so zeigt sich eben dadurch, daß er weder zu eng noch zu weit gefaßt ist. Derselbe Nachweis, wie er wol in der Geometrie zu führen ist, wird anderswo schwerer. Der deductive Gang vom πρότερον τῇ φύσει her kann durch die constitutiven Elemente eines Staats als solchen, ferner des monarchischen Staats als solchen, endlich des monarchischen Staats in der bestimmten Verfassung z. B. des Theopompus (Arist. polit. V. 11.) erläutert werden. Gewisse Eigen= schaften gehen schon aus der ersten, andere aus der zweiten, andere erst aus der letzten als eigenthümlich hervor.

Aus den mathematischen Disciplinen liegen Beispiele am nächsten, um zu zeigen, daß das das Allgemeine und Noth= wendige ist, was die Natur und das Wesen eines Dinges bildet (καθ' αὐτὸ καὶ ᾗ αὐτό). In der Physik zeigt sich dasselbe allenthalben, wo das Wesen einer Erscheinung schon durchsichtig geworden ist. Wir erinnern etwa an das soge= nannte hydrostatische Paradoxon des Archimedes, aus dem sich wichtige Phänomene als nothwendig ergeben, an die genetische Auffassung des freien Falles bei Galilei, an den aus dem Wesen eines schwingenden Körpers und eines elastischen Mediums hervorgehenden Begriff der Wellenbewegung im Schalle u. s. w. Das Nothwendige liegt hier allenthalben in der scharfen Auffassung des τί ἐστι. Auf dem grammatischen Gebiete würde die Betrachtung der Satzverhältnisse, inwiefern sie aus dem Wesen des sich aussprechenden Gedankens stam=

men, ein Beispiel geben. Wo im Ethischen der Gedanke eines göttlichen Zweckes regiert, fließt aus ihm das Noth= wendige und Allgemeine. Man hat ein aristotelisches Beispiel an dem Begriff der Tugenden. Um zu zeigen, wie dieser Eine Grund alles Nothwendige beherrscht, könnte man selbst im dialektischen Apostel Paulus Beispiele finden, z. B. das, was er im Römer= oder Galaterbrief aus dem Wesen des Gesetzes, des Glaubens nachweist. Es würde dann darauf ankommen, diese Begriffe in Pauli Geiste festzu= stellen und in seinem Gedankengange ihre nothwendigen Fol= gen zu zeigen.

Da nun das, was einer Sache an und für sich zukommt, ihr Wesen ist, so ist sie sich darin selbst Grund; ein wichtiger Gedanke, der, weiter verfolgt, als es der vorliegende Zweck und der Zusammenhang bei Aristoteles zuläßt, zu einer höhern Betrachtung über die Einheit von Nothwendigkeit und Freiheit eine Grundlage liefern könnte.

§. 49—53.

Der Beweis fordert, in seine Gründe verfolgt, einen letz= ten und durch sich selbst gewissen Ursprung.

„Ueberhaupt ist es unmöglich, daß es von Allem einen Beweis gebe, denn dann ginge es ins Unendliche fort und man hätte auch so keinen Beweis. Denn das Unendliche läßt sich nicht mit dem Gedanken zu Ende durchlaufen.“

„Wahr und zuerst ist das, was nicht durch Anderes, sondern durch sich selbst Gewißheit hat; denn in den Ursprün= gen der Wissenschaften muß man nicht nach dem Warum und Woher forschen, sondern jeder Ursprung muß selbst an und für sich gewiß sein.“

„Es ist aber nothwendig auf doppelte Weise voranzu= erkennen; denn bei einigen Begriffen muß man vorher die Wirklichkeit annehmen, bei andern vorher verstehen, was das Wort bedeute, bei andern beides; z. B. von dem Satze, alles sei wahr entweder zu bejahen oder zu verneinen, muß man die

Wirklichkeit annehmen, daß es so ist, von dem Dreieck, daß es das Bestimmte bezeichnet, von der Einheit beides, sowol was sie bezeichnet, als auch daß sie ist."

„Wir behaupten (hiernach), daß nicht jede Erkenntniß am Beweise Theil habe, sondern die Erkenntniß des Unmittelbaren unbeweisbar sei. Und offenbar ist dieses nothwendig. Denn wenn es nothwendig ist, das Frühere zu erkennen und das, woraus der Beweis entspringt, irgendwann aber das Unmittelbare eintritt: so muß dies nothwendig unbeweisbar sein. Dies behaupten wir so, daß es nicht blos eine Erkenntniß, sondern auch ein Princip einer Erkenntniß gebe, wodurch wir die Termini erkennen."

„Man muß nothwendig das Erste, entweder das Gesammte oder doch einiges, nicht blos voran, sondern auch mehr erkennen; denn das ist immer mehr (in einem höhern Sinne), um dessen willen das Einzelne ist, z. B. ist uns das, um dessen willen wir lieben, mehr (und in einem höhern Sinne) lieb. Wenn wir daher in Folge des Ersten wissen und glauben, so wissen und glauben wir dies noch mehr, weil wir um seinetwillen des Folgenden gewiß sind."

„Princip ist ein unmittelbarer Satz eines Beweises, unmittelbar ist der, als welchen es keinen frühern giebt."

„Thesis eines unmittelbaren syllogistischen Princips heißt das, was man nicht erst zu zeigen braucht, was jedoch der nicht nothwendig besitzt, der zu lernen anfängt; was aber nothwendig, wer irgend etwas lernen will, besitzen muß, heißt Axiom."

Es kann als ein Postulat des Denkens angesehen werden, daß die Gründe nicht ins Unendliche fortlaufen dürfen. Das Wesen des Erkennens ist Bestimmtheit. Will es einen Beweis, so kann es diesen nicht ins Unendliche verschieben. Denn dann schlösse sich gar keiner ab. Das Denken setzt ein Ganzes voraus und sucht die fruchtbaren Punkte, aus welchen sich dieses bildet.

Metaphysisch wird dies Postulat in den sogenannten Beweifen vom Dafein Gottes angewandt, wenn man auf eine letzte und unbedingte Urfache fchließt.

Beifpiele unbewiefener Anfänge liegen in jeder Wiffen-schaft vor. Die Geometrie firirt ihren Anfang in den Ario-men und Poftulaten; die Lautlehre der Grammatik geht auf die organifche Bildung der Buchftaben, die fie von der Phy-fiologie empfängt, zurück und findet in ihrer Entftehung die Gründe der etymologifchen Verwandlung; die Phyfik geht in jedem ihrer Theile von Thatfachen als ihren Vorausfetzungen aus und fucht in der Hypothefe für diefelben einen letzten Grund. Jede Unterfuchung hat einen folchen relativen An-fang, der als aus fich felbft gewiß vorausgefetzt wird ($\vartheta\acute{\varepsilon}\sigma\iota\varsigma$ §. 52.).

Da nun das Erkennen eine doppelte Bewegung vom Allgemeinen zum Einzelnen und vom Einzelnen zum Allge-meinen offenbarte: fo wird es auch eine doppelte Art der durch fich felbft gewiffen Anfänge geben. Beide bezeichnet Ariftoteles durch $\check{\alpha}\mu\varepsilon\sigma o\nu$, unvermittelt, weil fie beide durch fich felbft gewiß find, während fich fpäter die Bedeutung des Un-mittelbaren im finnlich Einzelnen feftfetzte.

Ariftoteles hat in feinem Beifpiele (analyt. post. 1. 1.) das mathematifche Syftem vor Augen, das, am früheften me-thodifch, zu einem Vorbilde der Methode wurde. Euklides unterfcheidet gerade, wie Ariftoteles. Man vergleiche das erfte Buch der Elemente. Die $\check{o}\varrho o\iota$ (Definitionen) find zunächft nur als Nominaldefinitionen zu betrachten ($\tau\acute{\iota}$ $\tau\grave{o}$ $\lambda\varepsilon\gamma\acute{o}\mu\varepsilon\nu\acute{o}\nu$ $\acute{\varepsilon}\sigma\tau\iota$), bis ihre reale Möglichkeit in den Lehrfätzen nachgewiefen wird. So wird das gleichfeitige Dreieck (Def. 24.) dem Namen nach erklärt, und im erften Lehrfatz conftruirt. Ebenfo der rechte Winkel (vgl. Def. 10. und Satz 11.), die Parallelen (vgl. Def. 35. und Satz 27. ff.), das Quadrat (vgl. Def. 30. und Satz 46.) u. f. w. Andere Begriffe werden in den De-finitionen erklärt und real gefordert ($\tau\acute{\iota}$ $\tau\grave{o}$ $\lambda\varepsilon\gamma\acute{o}\mu\varepsilon\nu\sigma\nu$ und $\check{o}\tau\iota$ $\check{\varepsilon}\sigma\tau\iota$) z. B. Punkt und gerade Linie (Def. 1. Def. 4. und Poftulat 1.), Verlängerung einer geraden Linie (Def. 35. und

Poſtulat 2.), Kreis (Def. 15. und Poſtulat 3.). Daſſelbe gilt von den Axiomen, deren Verſtändniß und Wirklichkeit zugleich vorausgeſetzt wird. Dieſer Art iſt, genau genommen, auch der formale Grundſatz, alles ſei wahr entweder zu bejahen oder zu verneinen, obgleich Ariſtoteles ihn als Beiſpiel ſolcher Sätze anführt, von welchen man nur die Annahme der Wirk= lichkeit zu fordern hat. Es iſt wichtig, die methodiſche Conſe= quenz der geometriſchen Disciplin ſcharf zu beobachten, um ſich vor einer petitio principii (§. 42.) hüten zu lernen und die Evidenz deſſen, was durch ſich ſelbſt gewiß iſt, anzuſchauen. Vgl. Logiſche Unterſuchungen II. S. 110.

Auf den Gebieten der einzelnen Disciplinen wird aus dem urſprünglich Gewiſſen alle übrige Gewißheit abgeleitet. Daher muß dieſes, obwol es nicht bewieſen wird, nicht weniger, ſondern noch mehr und in einem höhern Sinne erkannt werden. Dieſe größere Gewißheit liegt für die Wiſſenſchaften theils in der einleuchtenden Einfachheit des Princips, theils in der eige= nen Thätigkeit, womit wir es nachbilden. Was Ariſtoteles allgemein ſo ausſpricht, daß wir das, um deſſen willen wir etwas glauben oder lieben, ſelbſt noch mehr glauben oder lieben müſſen, gilt im Beſondern auch von dem perſönlichen Zeugniß. Wir glauben zunächſt dem Zeugen mehr, und erſt durch ihn die Sache.

Es wird zweckmäßig ſein, an der vorliegenden Behand= lung der Logik ſelbſt die aus ſich gewiſſen Anfänge aufzu= ſuchen. Man entdeckt darin leicht eine Analogie mit dem geometriſchen Syſtem. Wie Euklides fordert, eine gerade Linie zu ziehen, ſo fordert der Anfang der Logik (§. 1.), ein Urtheil zu fällen. Beide Poſtulate ruhen auf Vorausſetzungen, die zunächſt nicht erörtert werden; jenes auf der räumlichen Bewegung, dieſes auf der Möglichkeit, das Reale zu denken. Dann ſind Verneinung und Allgemeines und Nothwendiges Begriffe, die ſowol verſtanden als in ihrer realen Bedeutung geſetzt werden müſſen (τί τὸ λεγόμενον und ὅτι ἐστί). Den Syllogismus hingegen definirt zunächſt Ariſtoteles, wie Eukli=

des das Dreieck (§. 19.), und weist dann seine reale Mög=
lichkeit nach (§. 23.).

Wenn nun jede Wissenschaft auf allgemeinen und eigen=
thümlichen Voraussetzungen ruht, so öffnet sich hier von selbst
ein Blick in die Aufgabe der Philosophie, in welcher die Er=
ledigung dieser Principien gesucht wird.

§. 54. ff.

Eine Voraussetzung des Beweises ist zunächst das Gesetz
eines Begriffs, das in der Erklärung ausgesprochen wird,
Daher folgt die Begriffsbestimmung. Definition und Di=
vision haben sich in der Behandlung verschlungen, indem sich
(§. 58.) die Eintheilung in die Begriffserklärung einschiebt.
Der Natur der Sache nach hängen beide genau zusammen und
Aristoteles hat eigentlich die Eintheilung für sich nicht ausge=
führt. Indem definirt wird, bildet sich eine Art zu einem
höhern Geschlecht, also ein Element der Eintheilung, und in=
dem eingetheilt wird, geschieht es aus einem Allgemeinen
heraus, dem Elemente der Definition. Die wichtige Regel,
durch das nächst höhere Allgemeine und den artbildenden
Unterschied zu definiren, setzt bereits ein System der Einthei=
lung voraus.

§. 54—57.

„Das Erste werden unbewiesene Erklärungen sein. Eine
Erklärung bezieht sich auf das Was und auf das Wesen.
Die Beweise setzen offenbar alle was etwas ist voraus und
nehmen es an, z. B. die mathematischen, was eine Einheit
und was das Ungerade ist und die übrigen ebenso. Die Er=
klärung ist Erkenntniß und Angabe des Wesens."

„Der Erklärende zeigt entweder, was eine Sache ist,
oder was der Name bedeutet."

„Alle diejenigen, welche auf irgend eine Weise mit einem
Namen Rechenschaft geben, geben offenbar nicht die Erklärung
der Sache, da ja jede Erklärung ein den Begriff bestimmender
Satz ist."

„Was das Dreieck bezeichnet, setzt der Geometer; daß es ist, zeigt er."

„Man muß untersuchen, indem man zuerst auf die ähn=lichen und ununterschiedenen Dinge sieht, was diese alle ins=gesammt als dasselbige haben, dann wiederum andere betrach=tet, die zwar mit den ersten unter demselbigen Geschlecht stehn, von ihnen aber, obwol unter sich der Art nach diesel=bigen, verschieden sind. Wenn bei diesen gefunden ist, was sie alle als dasselbe haben und bei andern ähnlich: so muß man wieder die durchforschten einzelnen Kreise vergleichen, ob sie etwas Gemeinschaftliches haben, bis man zu Einem Be=griff kommt; denn dieser wird die allgemeine Bestimmung der Sache sein. Wenn man aber nicht zu Einem, sondern zu zwei oder mehreren Begriffen gelangen sollte, so wird es offen=bar, daß das Gesuchte nicht Eins, sondern mehreres ist. Z. B. meine ich, wenn wir suchen würden, was Hochherzig=keit ist, müßten wir einige, die wir als Hochherzige kennen, betrachten und fragen, was sie alle als solche gemeinsam haben; z. B. wenn Alcibiades hochherzig ist oder Achilles und Ajax, was haben alle gemeinsam? Kränkung nicht zu ertragen; denn der eine erhob Krieg, der andere zürnte, der dritte tödtete sich selbst. Dann betrachten wir wieder andere, z. B. Lysander oder Sokrates. Wenn nun diese darin übereinkommen, in Glück und Unglück gleichmüthig zu sein, so nehmen wir diese beiden Begriffe und sehen, was der Gleichmuth in den Wech=selfällen des Glückes und die Nicht=Ertragung von Belei=digungen gemeinsam haben; wenn sie gar nichts theilten, so würden es zwei Gattungen der Hochherzigkeit sein."

„Von den Merkmalen einer Erklärung wird jedes für sich allgemeiner als der Begriff sein, aber alle zusammen nicht weiter; denn sie sind nothwendig das Wesen der Sache, z. B. jeder Drei kommt als Merkmal zu, Zahl, ungerade, erste Zahl und dieses doppelt sowol durch eine andere Zahl nicht gemessen zu werden (als Product) als auch aus Zahlen nicht zu bestehen (als Summe). Das also ist die Drei; eine un=

gerade, erste und auf diese Weise erste Zahl. Von diesen Merkmalen ist jedes weiter, die einen kommen allen ungeraden Zahlen zu, das letzte auch der Zwei, alle aber keiner andern."

Der Unterschied zwischen der Nominal= und Realdefinition wird am besten nach der Anleitung des Aristoteles (§. 55.) an dem geometrischen System erläutert. In der euklidischen Geometrie werden einige Begriffe erklärt und gefordert (gerade Linie, Kreis), andere zunächst erklärt, dann construirt und bewiesen (Dreieck, Quadrat, Parallelen u. s. w.). Ueberhaupt herrscht im geometrischen Verfahren die größte Vorsicht, um die bloße Meinung und Einbildung auszuschließen. Der Sprung von der subjectiven Namenerklärung zur objectiven Sacherklä= rung geschieht dort durch das Mittel der Construction, deren Elemente gefordert sind, wie in andern Wissenschaften durch das Mittel der Erfahrung, deren Wahrheit vorausgesetzt wird.

Man wird einen doppelten Weg der Definition unter= scheiden, der dem doppelten Wege der Begründung entspricht. Entweder wird der Begriff aus der Erfahrung des Einzelnen oder aus dem Allgemeinen bestimmt.

Den ersten Weg — die Vergleichung des in der Erfah= rung Gegebenen — behandelt §. 56. Es bilden sich von unten auf Kreise, je nachdem die Erscheinungen als gleichartig er= kannt werden, und solche geschlossene Kreise des Gleichartigen werden wieder auf ein Gemeinsames zurückgeführt; wo dies unmöglich ist, zeigen sich eben darin Begriffe, die nicht zusam= mengehören, Geschlechter, die relativ verschieden sind. Dabei handelt es sich nur um das nächst höhere Allgemeine, in welches sie zusammengehen sollten. Denn es giebt schlechthin keine Begriffe, die sich nicht zuletzt einem, wenn auch noch so entlegenen, Allgemeinen unterordneten. Wenn Aristoteles zwei Gattungen der Hochherzigkeit findet, die sich nicht unmittelbar vereinigen wollen: so stehen sie dennoch unter dem Begriff der ἀρετὴ ἠϑική. Wo durch Erfahrung der Begriff bestimmt wird, bilden sich auf dem bezeichneten Wege der Vergleichung Arten und Geschlechter und die Begriffe derselben, wie in der An=

ordnung der Naturprodukte. Als Beispiel kann ferner die
Weise dienen, wie sich geschichtlich die Redetheile — zunächst
nach äußern Merkmalen — festgestellt haben.

Den umgekehrten Weg, die Begriffe mit den Objecten
entstehen zu lassen, schlägt die construirende Mathematik ein,
und er wird überhaupt nur da möglich sein, wo mit dem
Ursprung der Sache die Elemente des Begriffs offen vorliegen.
Man vergleiche Euklides Definitionen (Buch 1. und Buch 11.),
um daran klar zu machen, daß da die allgemeinen Begriffe
nicht aus den Arten und Individuen geschöpft sind. Aehnlich
sucht die allgemeine Grammatik den Begriff der Redetheile aus
ihrer Entstehung zu entwerfen (§. 59. 60.).

Soll die Erklärung den Begriff decken, so darf sie weder
zu weit noch zu eng sein. Jeder einzelne Begriff des gesuchten
Begriffs (jedes Merkmal) ist für sich zu weit; erst zusammen-
genommen bestimmen sie sich so, daß sie durch engere Begrenzung den Ueberschuß der einzelnen ausschließen. Wenn Aristoteles ein Beispiel aus der Zahlenlehre entnimmt, so zeigt sichs
ebenso an den geometrischen Definitionen: „Unter den vierseitigen Figuren heißt diejenige ein Quadrat, welche gleichseitig
und rechtwinklig ist" (Euklides Elem. I. Def. 30.). Jede
Bestimmung ist für sich allein weiter: Figur, vierseitig, gleichseitig, rechtwinklig. „Die Hülfsverben", heißt es in der
Grammatik, „sind solche Verben, welche nicht den Begriff
einer Thätigkeit, sondern nur Beziehungsverhältnisse des Prädicats ausdrücken, entweder Zeitverhältnisse oder Modusver-
hältnisse". Jedes einzelne Merkmal ist weiter: Verbum,
Formwort, Ausdruck von Zeitverhältnissen, von Modusver-
hältnissen. Erst verschmolzen genügen sie dem Begriff und
dann nur diesem.

§. 58.

„Man muß, wenn man ein Ganzes wissenschaftlich durch-
führen will, das Geschlecht bis in die ersten und nicht mehr
theilbaren Arten eintheilen, z. B. die Zahl bis in die Dreiheit
und Zweiheit."

„Jedes Geschlecht wird nach den einander entsprechenden Unterschieden eingetheilt, z. B. das Thier nach dem Unterschied des Landthiers und Geflügels und Wasserthiers."

„Daß alles insgesammt unter die Eintheilung falle, wenn die Glieder so entgegengesetzt sind, daß es nichts Mittleres giebt, ist keine Voraussetzung. Denn nothwendig muß alles insgesammt unter eins der beiden Glieder fallen, wenn anders dieser Gegensatz ein Unterschied des höhern Begriffs ist."

„Ferner ist es (in diesem Falle) nothwendig nach der Verneinung einzutheilen und dies thun wirklich diejenigen, welche nach zwei eintheilen. Jedoch giebt es keinen Unterschied der Verneinung als Verneinung; denn es ist unmöglich, daß es Arten des Nicht-Seienden gebe, z. B. in der Weise Arten des Fußlosen und Unbeflügelten, wie es Arten der Beflügelung und der Füße giebt."

Dreierlei wird in diesen kurzen Aussprüchen über die Eintheilung hervorgehoben, Uebersicht eines Gebiets durch eine vollständige Eintheilung bis in die letzten Arten, die Beobachtung des Eintheilungsgrundes, aus dem die nebengeordneten Arten entspringen, endlich der Vorzug und Mangel der dichotomischen Eintheilung nach a und nicht-a. Zu diesen drei Punkten bemerken wir nur Folgendes.

1. Wird ein Gebiet von einem Begriff beherrscht, so stellt sich dieser erst dann vollständig in seinen Erscheinungen dar, wenn er bis in die letzten Unterschiede, die er erzeugt, verfolgt wird. Die letzte Art ist noch immer von einem Allgemeinen bestimmt, jedoch einem solchen, das dem höhern unterworfen ist. Erst da, wo das Allgemeine in die endlosen Individuen verläuft und sich darin nicht weiter mit Nothwendigkeit zu allgemeinen Unterschieden entwickelt, hört mit dem Allgemeinen die wissenschaftliche Betrachtung auf. Daher erhellt, daß im Sinne des Aristoteles nicht willkürlich gebildete Arten zu verstehen sind, wie solche nach zufälligen Merkmalen immer noch aus den Individuen zusammengesetzt werden können, sondern solche, die wirklich der Natur nach ein Erstes und

Ursprüngliches in sich tragen (§. 59.). Ein bis ins Bedeu=
tungslose fortgesetztes Specificiren, in welchem man sich mehr
mit dem Zufälligen als Nothwendigen beschäftigt, tadelten schon
die Alten. „Seneca: Quidquid in maius crevit, facilius
agnoscitur, si discessit in partes, quas vero innumerabiles
esse et minimas non oportet. Idem enim vitii habet
nimia, quod nulla divisio. Simile confuso est, quidquid usque in pulverem sectum est. Quintilian: Quum
fecerunt mille particulas, in eandem incidunt obscuritatem,
contra quam partitio inventa est.

2. Die Basis einer Eintheilung ist ein Begriff, dessen
Unterschied die aus dem Geschlecht entspringenden Arten
gliedert. Auf einer gleichen Reihe der Unterordnung stehen
diejenigen Arten, welche an einem solchen Unterschiede des
Begriffs unmittelbar ihr gemeinschaftliches Maß haben. In
den Endpunkten stellen sich diese Arten, wie die Unterschiede
des Begriffs, aus dem sie stammen, als Gegensätze dar. Es
kommt dabei immer darauf an, dieses gemeinsame Allgemeine
in seinen Unterschieden durchzuführen und nicht von einem Ein=
theilungsgrund in den andern überzuspringen, wie der thun
würde, der nach dem aristotelischen Beispiele die Thiere in
schwimmende und farbige eintheilen würde. Die ausgebildeten
Systeme der Anordnung, welche die beschreibenden Naturwissen=
schaften liefern, die euklidischen Definitionen der ebenen Figuren
und der Körper (Buch 1. und 11.) können das Wesen des
durchgreifenden Eintheilungsgrundes in jedem Beispiel erläu=
tern. So wird unter andern in den Arten der fünf regel=
mäßigen Körper (Euklides XI. Def. 25. ff.) der Gesichtspunkt
durchgeführt, wie viele Körper von lauter gleichen und regel=
mäßigen Dreiecken und Vielecken eingeschlossen werden können.
Diese Frage wird aus der Eigenschaft des körperlichen Winkels
mit Nothwendigkeit beantwortet. Darin sind die letzten Arten
entworfen ($\check{\alpha}\tau o\mu\alpha$ $\tau\tilde{\omega}$ $\varepsilon\check{\iota}\delta\varepsilon\iota$), und man erhöbe nur Zufälliges
zu Nothwendigem, wenn man, um nur Arten zu gewinnen,

auf die veränderliche Größe oder dergleichen noch weiter Rück=
sicht nehmen wollte.

3. Zur Uebersicht weitläuftiger Einzelheiten ist eine voll=
ständige Eintheilung wichtig. Die Logik hat dazu öfter die
contradictorische Eintheilung (a und nicht=a) empfohlen. Da
es zwischen beiden Gliedern kein Mittleres giebt, so hat sie
den Vorzug der Vollständigkeit; aber da die reine Negation,
durch welche das Eine Glied ausgedrückt ist, nichts Positives
enthält, so ist sie leer und ohne Anschauung. „Die Vernei=
nung als Verneinung", sagt Aristoteles bezeichnend, „hat keinen
Unterschied in sich und es giebt keine Arten des Nicht=Seien=
den". Eine solche Eintheilung ist überhaupt nur ein Schein,
da man das unbestimmte nicht=a in Wirkliches, das darunter
stillschweigend verstanden wird, übersetzen muß, dies Wirkliche
aber nicht aus der Nichts sagenden Verneinung gewonnen,
sondern anderswoher — aus der Sache selbst — entwickelt
wird. Daher ist das Zwischenglied der reinen Verneinung
(nicht=a) müssig. Wenn man die Thiere nach dem Beispiel
des Aristoteles in beflügelte und nicht beflügelte, oder die re=
gelmäßigen Körper in Tetraeder und nicht=tetraedrische ein=
theilt, so ist „nicht beflügelt" „nicht tetraedrisch" ein unbe=
stimmter Name (§. 5.), nur beschränkt durch die Beziehung
auf das Gebiet der Eintheilung (Thiere, Körper), jedoch inner=
halb desselben lose und umherschweifend, da er sich durch nichts
fixirt. Wo die Eintheilung nach der Natur der Sache dicho=
tomisch ist, da ist sie es nicht nach der Verneinung, sondern
nach einem in dem Wesen liegenden Gegensatz (Contrarium).
Man erläutere dies etwa an der Eintheilung der Conjunctionen,
wie sie Becker im Organism der Sprache (§. 100. Aufl. 2.)
entworfen hat. Dort stammt die dichotomische Eintheilung in
beiordnende und unterordnende Conjunctionen nicht aus einer
unbestimmten Verneinung, sondern aus dem Wesen des Ge=
dankens.

Will man ein gutes Beispiel einer aus der Sache ge=
schöpften Eintheilung, so wähle man aus Aristoteles Rhetorik

(J. 3.) den Entwurf der drei Gattungen der Rede, des γένος συμβουλευτικόν, δικανικόν und ἐπιδεικτικόν; und man wird daran die obigen Gesichtspunkte erläutern können.

§. 59.

„Die Begriffsbestimmung (Definition) besteht aus dem Geschlecht und den Unterschieden. Denn das Geschlecht muß den Begriff von den übrigen Geschlechtern scheiden, der Unterschied aber von dem, was unter demselben Geschlecht steht.''

„Wer treffend einen Begriff bestimmen will, muß ihn durch das Geschlecht und die Unterschiede bestimmen. Dies gehört zu dem, was schlechthin erkennbarer und früher ist, als die Art.''

„Drei Weisen der Begriffsbestimmung sind nicht aus dem Frühern geschöpft. Die erste, wenn das Entgegengesetzte durch das Entgegengesetzte bestimmt worden ist, z. B. durch das Böse das Gute; denn das Entgegengesetzte ist von Natur zugleich und einigen scheint dieselbe Erkenntniß beide Gegensätze zu umfassen, und dann ist auch nicht das eine erkennbarer als das andere. Es darf aber dabei nicht verborgen bleiben, daß sich vielleicht einiges nicht anders bestimmen läßt, z. B. das Doppelte nicht ohne die Hälfte und was an und für sich bezogen (relativ) heißt; denn alle solche Begriffe haben darin ihr Wesen, daß sie sich irgendwie auf einander beziehen, so daß es unmöglich ist, den einen Begriff ohne den andern zu erkennen. Daher ist es nothwendig, daß in dem Begriff des einen auch der andere mit umfaßt werde.''

„Eine andere Weise der Begriffsbestimmung ist nicht aus dem Frühern geschöpft, wenn man gerade das, was bestimmt wird, zum Bestimmen verwendet. Es bleibt dies dann verborgen, wenn man nicht gerade den Namen dessen, was bestimmt wird, anwendet, z. B. wenn man die Sonne als ein tagscheinendes Gestirn erklärt; denn wer den Begriff Tag anwendet, wendet den Begriff Sonne an. Man muß, um solches zu entdecken, den Namen in den Begriff umsetzen, z. B. daß der Tag Bewegung der Sonne oberhalb der Erde ist. Denn offenbar hat derjenige, welcher die Bewegung der Sonne oberhalb der Erde ausgesprochen hat, die Sonne ausgesprochen, und wer also in der Erklärung den Tag anwendet, wendet die Sonne an."

"Endlich ist die Erklärung nicht aus dem Frühern geschöpft, wenn das Nebengeordnete durch das Nebengeordnete bestimmt worden ist, z. B. Ungerades sei das um eine Einheit Größere als Gerades; denn was aus demselben Geschlecht durch Eintheilung nebengeordnet ist, das ist der Natur (der Entstehung) nach zugleich, aber das Ungerade und Gerade ist einander nebengeordnet; denn beides sind Unterschiede der Zahl im Allgemeinen."

Der kurze Satz, daß die Begriffsbestimmung aus Geschlecht und Unterschieden bestehe, ist zwar hinter der genaueren Erörterung (top. VI. 5. 6.), durch das nächste Geschlecht und die specifischen Unterschiede zu definiren, zurückgeblieben, wird aber genügen, um das Wesentliche anzudeuten. Das Allgemeine, in dem Geschlecht ausgesprochen, ist zugleich dem Gedanken und der Entstehung nach das Frühere (vgl. §. 19. Logische Untersuchungen II. S. 158. ff.). Daher erhellt die Regel aus dem in diesem Sinn Frühern, das erkennbarer ist als das aus ihm erkannte Besondere, zu definiren. Man erläutere es zunächst an mathematischen Beispielen. Aus dem Allgemeinen Zahl wird das Gerade und Ungerade, aus dem Allgemeinen Parallelogramm werden durch die Bestimmung der Seiten und Winkel, die aus ihm heraus geschieht, die Arten Quadrat, Rechteck, Rhombus, Rhomboid verstanden. Aus den vorangehenden Paragraphen kann man an die allgemeine Bestimmung des Terminus (§. 22.) und seine Arten (§. 24. ff.), an die allgemeine Bestimmung des Syllogismus (§. 20. ff.) und die aus dem verschiedenen Zwecke entspringenden Arten desselben (§. 33.), endlich an das Unmittelbare in der doppelten aristotelischen Bedeutung (§. 51.) erinnern. Auf den Gebieten der realen Wissenschaften zeigt sich dasselbe, wenn es da gelingt, den Begriff der Sache wahrhaft zu fassen. Am nächsten liegt der Versuch der allgemeinen Grammatik, aus den Gründen des Gedankens (dem πρότερον ἁπλῶς) ben Begriff der einzelnen Redetheile zu bestimmen oder die Arten der einzelnen Redetheile aus den auf ihrem Gebiet bestimmenden Gründen. Niemand möchte hier mit einer durchbringendern Klarheit und einer durchgreifendern Consequenz verfahren sein, als Becker im Organism der Sprache; und man wird etwa seine Entwickelung des Begriffs der Redetheile oder des Begriffs Conjunction als ein Beispiel wählen können, um an ihm die wesentlichen Verhältnisse der Definition und Division, und namentlich alle bis dahin berührten Punkte nachzuweisen. Baco hat (nov. org. II. 20.) den Begriff der Wärme nach demselben Princip behandelt, indem er das Allgemeine durch die specifische Differenz determinirt.

Der artbildende Unterschied hat auf dem Grunde des Allgemeinen besondere Bedeutung; denn von ihm hängt die eigenthümliche Erkenntniß ab, welche allein die Sache wirklich faßt und nicht darüber hinschwebt (das οἰκεῖον im Gegensatz des bloßen καϑόλου).

Da der Begriff das Wesen der Sache in sich zusammendrängt und daher die Quelle dessen ist, was ihr nothwendig zukommt: so wird es wichtig sein, auf der einen Seite die Schärfe und Klarheit und auf der andern die Ergiebigkeit des Begriffs besonders anschaulich zu machen. Als Beispiel, das in den nächsten Kreis fällt, dürfte Lessing über das Epigramm zu benutzen sein (Band 8. S. 425. ff. nach Lachmanns Ausgabe). Man vergleiche auf dem grammatischen Gebiete G. Hermanns Begriffsbestimmungen der Ellipse, des Pleonasmus, der Attraction und des Anakoluthon im Anhange zum Viger, um auch daran das Wesen und die Macht eines scharfen Begriffs deutlich zu machen. Leibnizens Definitionen können weitere Beispiele geben. (Vgl. des Vfrs. Vortrag über das Element der Definition in Leibnizens Philosophie in den Monatsberichten der Akademie der Wissenschaften. 1860, Juli). Seine Erklärung z. B. adulari sei laudando mentiri ut placeas laudato kehrt sowol in dem Allgemeinen als in dem artbildenden Unterschied das Häßliche, was sich im Schmeichler schön macht und sich in der gemeinen Vorstellung des Begriffs verwischt, in scharfen Zügen heraus.

Beweis und Definition sind darin ähnlich, daß sie beide aus dem Allgemeinen hervorgehen. Daher unterliegen beide ähnlichen Fehlern. Die §. 59 bemerkten gehen der Diallele und der **petitio principii** parallel (§. 42.). Aus dem Frühern wird nicht definirt, wenn das eine Glied eines Gegensatzes aus dem andern bestimmt wird; denn beide entspringen zugleich aus Einem höhern Allgemeinen, dessen größte Unterschiede sie aussprechen. In diesem Sinne fehlt man, wenn man den Geist als Negation der Natur, die Bewegung als Negation der Ruhe, den Genitiv als umgekehrten Accusativ erklärt. Dahin läuft auch der Fehler aus, wenn man nebengeordnete Arten durch einander erklärt, z. B. das Quadrat als Rechteck mit gleichen Seiten.

Ein anderer Fehler ist der völlige Zirkel, wenn das, was definirt werden soll, in die Definition wieder einschleicht. Daran leidet die bekannte Erklärung, daß das eine Größe sei, was sich vermehren oder vermindern lasse; denn das mehr oder minder, ein positiver und negativer Comparativ, setzt die Vorstellung groß voraus. Die Erklärung der geraden Linie bei Euklides (Elem. I. Def. 4.) läßt einen ähnlichen Einwand zu. „Eine gerade Linie ist diejenige, welche zu den auf ihr befindlichen Punkten gleichförmig liegt. (ἥτις ἐξ ἴσου τοῖς ἐφ' ἑαυτῆς σημείοις κεῖται)." Das ἐξ ἴσου κεῖσθαι wird man nur durch die vorausgesetzte Vorstellung der geraden Linie verstehen, die eben erklärt werden soll. Wenn man die Freiheit des Geistes durch das Bei-sich-sein erklärt, so rückt man dadurch nicht weiter und dreht sich eigentlich im Kreise. Vergl. als Beispiel eine Erklärung des Prodicus bei Aristoteles top. II. 6. Auf die Vermeidung solcher Fehler wird man am besten bei der Uebung der Aufsätze aufmerksam machen.

§. 60. 61.

Da erst diejenige die wahre Begriffsbestimmung ist, welche aus den Gründen (aus dem Frühern) geschieht: so geht die Er= klärung (τί ἐστι), wenn sie genügt, in die Begründung über.

8*

„Zu wissen, was etwas ist, ist dasselbe, als zu wissen, woher und warum es ist. Z. B. Was ist eine Mondfinsterniß? Beraubung des Mondlichtes durch den Zwischentritt der Erde. Woher ist die Mondfinsterniß? oder woher verfinstert sich der Mond? Weil das Licht ausbleibt, indem die zwischentretende Erde es absperrt. Was ist Einklang? Ein Verhältniß von Zahlen in hohen und tiefen Tönen. Woher stimmt das Hohe zum Tiefen? Weil das Hohe und Tiefe ein Verhältniß von Zahlen hat."

„Das Woher und Warum suchen wir dann, wenn wir das Daß besitzen (den Grund, wenn wir die Thatsache haben); bisweilen aber wird beides zugleich offenbar; aber es ist nicht möglich, früher das Woher und Warum als das Daß (den Grund als die Thatsache) zu erkennen. Wer nicht weiß, ob etwas ist, kann nicht wissen, was es ist."

„Der Begriff bezeugt die Erscheinungen und die Erscheinungen bezeugen den Begriff."

Die Begriffsbestimmung erreicht erst dann ihren Zweck, wenn sie genetisch wird. Erst der hervorbringende Grund offenbart das Wesen der Sache. Die frühern Beispiele (vgl. im Grammatischen die Redetheile) sammt den physischen des Aristoteles belegen dies hinlänglich. Die Namenerklärungen der Geometrie haben nur eine vorläufige Bedeutung und heben sich auf, wenn sie durch die Construction zu genetischen werden. So folgt z. B. die genetische Erklärung des Parallelogramms aus Euklides Elementen I. Satz 32.

Wo der erkennende Geist die Erscheinungen werden läßt (construirt), springen Grund und Thatsache zugleich hervor; wo sie gegeben sind, geht die Thatsache dem Grunde, der aus ihr zu suchen ist, voran. Man kann aber nicht eher sagen, daß ein Grund als Grund erkannt ist, als bis die aus ihm fließenden Folgen mit erkannt sind (die Thatsachen). Jene Construction wird indessen nur in der Mathematik rein und ganz möglich sein.

Da das διότι und ὅτι so eng verbunden sind, so bewähren sich Grund und Thatsache gegenseitig. Man vergleiche die Weise, wie sich Hypothesen (erklärende Begriffe) mit den Erscheinungen

messen, um sich an ihnen zu bestätigen (s. oben zu §. 31. u. 32.).
Bei dem Verständniß jeder Rede bezeugt der Begriff die Er=
scheinung (den Satz, der ohne den bestimmten Begriff sinnlos
wäre) und die Erscheinung (die Formen des Satzes) den Begriff,
dessen nothwendiger Ausdruck sie sind.

§. 62. 63.

„Der Grund ist der Mittelbegriff und dieser wird in
Allem gesucht."

„Der bestimmende Begriff muß nicht bloß das Daß (die
Thatsache) offenbaren, wie die meisten Bestimmungen thun,
sondern es muß auch die Ursache darin liegen und darin er=
scheinen. Gemeiniglich stehen indessen die Begriffe der Bestim=
mungen wie Schlußsätze da. Z. B. Was ist Verwandlung in
ein Quadrat? Daß ein gleichseitiges Rechteck einem ungleich=
seitigen gleich sei. Eine solche Bestimmung verhält sich, wie
der Schlußsatz. Wer aber sagt, daß die Verwandlung in ein
Quadrat Auffindung einer mittlern Proportionale ist, sagt den
Grund der Sache (den Mittelbegriff)."

Diese wichtigen Bestimmungen beleuchten den (logischen)
Vorgang des Schlusses und den (realen) Vorgang des erzeu=
genden Grundes in ihrem gegenseitigen Verhältniß. Obwol
von Aristoteles im Wesentlichen ausgeführt (analyt. post. II.
11. 12.), wurden sie von der spätern Logik ausgestoßen und
vergessen, da sie in den einseitig formalen Gesichtspunkt nicht
hineinpaßten und überhaupt nicht auf der Oberfläche lagen.
Wir bemerken hier in dem Zusammenhang der aristotelischen
Ansicht und für das Bereich des propädeutischen Unterrichts
Folgendes. Vergl. Logische Untersuchungen II. S. 280. ff.

1. Aristoteles beschränkt sich zunächst auf den Satz, der
hervorbringende Grund sei der Mittelbegriff des Schlusses.
Da der Grund das πρότερον τῇ φύσει ist und dies eben das
Allgemeine bildet, aus dem der Schluß geschicht (vgl. zu §. 19.
20.): so ist jener Satz keine abgerissene Beobachtung, sondern
folgt aus dem vorangehenden Ganzen nothwendig. Der Mittel=

begriff (das πρότερον τῇ φύσει) trägt das allgemeine Gesetz in sich und erzeugt, auf das darunter fallende Besondere angewandt, den Schlußsatz (das Urtheil der Wirkung). Indem der Grund hervorbringt, bringt er das hervor, was der Oberbegriff vom Mittelbegriff aussagt, sei es eine gemeinsame oder specifische Eigenschaft. Daher entspricht der subsumirenden That des Schlusses die erzeugende Verknüpfung des Grundes.

Am deutlichsten beobachtet man diese nothwendige Analogie beider Vorgänge in einfachen geometrischen Aufgaben, da in der Construction ihrer Lösung ein realer Vorgang und in dem Beweis der richtigen Lösung der entsprechende logische Vorgang des Schlusses vor Augen liegt. Man erinnere sich z. B. an Euklides erste Aufgabe, auf einer gegebenen begrenzten geraden Linie ein gleichseitiges Dreieck zu beschreiben (Elemente I. 1.). Sie wird durch zwei sich schneidende Kreise gelöst, die mit der gegebenen Linie als Halbmesser von dem einen und dem andern Endpunkt der Basis beschrieben werden. Das πρότερον τῇ φύσει bildet in der Construction der in jedem Kreise constante und hier in beiden gleiche Radius. Dies selbige giebt in dem angeschlossenen syllogistischen Beweise den allgemeinen Mittelbegriff her, woraus als ein besonderer Fall die Gleichheit der Seiten des Dreiecks folgt. Man vergleiche in demselben Sinne Euklides Elemente I. 9. 10. 11. ff.

Wollte man den Satz umkehren und behaupten, der Mittelbegriff des Schlusses sei immer der hervorbringende Grund der Sache: so wäre es bedenklich. Wenigstens würden sich alle die Syllogismen als Ausnahmen melden, die ein allgemeines Zeichen der Sache (σημεῖον) zum Mittelbegriff machen (§. 37.) Denn das Zeichen ist nicht Grund, sondern Wirkung der Sache.

2. Die Definition vollendet sich erst in der genetischen oder in derjenigen, welche den Grund der Sache enthält (§. 60.). Da nun der Grund der Sache dem Mittelbegriff entspricht, so enthält eine solche die drei Termini eines Schlusses in sich, während die Definition, die nur die Thatsache auffaßt, einem Schlußsatz gleicht, dem der Mittelbegriff verborgen geblieben. Zu Beispielen kann man diejenigen euklidischen Erklärungen benutzen, welche

später construirt werden. Vor der Construction drücken sie, wie
der Schlußsatz, nur das Resultat der Erscheinung aus; sind sie
construirt worden, so sind sie aus dem Grunde erkannt, der sich
im Beweise als Mittelbegriff darstellt. Man vergleiche z. B. die
Erklärung des gleichseitigen Dreiecks Buch I. Def. 24. mit der
Construction Buch I. Satz 1., die Erklärung des Quadrats
Buch I. Def. 30. mit der Construction Buch I. Satz 46.

§. 64.

Da die Begriffsbestimmung mit dem Grunde der Sache ihr
Wesen ausdrückt, begründet sie wiederum die von dem Wesen
abhängigen Eigenschaften, so wie umgekehrt die Auffassung der
Eigenschaften zu der Erkenntniß des Wesens führen muß.

„Es scheint nicht bloß das Was (den Begriff der Sache)
erkennen dazu nützlich, die Ursachen der Eigenschaften zu be=
trachten, wie in den mathematischen Wissenschaften was das
Gerade und Krumme ist oder was Linie und Ebene, um zu über=
sehen, wie vielen rechten die Winkel eines Dreiecks gleich sind,
sondern auch umgekehrt tragen die Eigenschaften viel dazu bei,
das Was zu begreifen. Denn wenn wir nach der Erscheinung
über die Eigenschaften, über alle oder die meisten, Rechenschaft
geben können, so werden wir dann auch über das Wesen am
treffendsten sprechen können. Alles Beweises Ursprung ist das
Was. Daher sind offenbar alle Begriffsbestimmungen, nach denen
man weder die Eigenschaften erkennen, noch auch über sie leicht
eine Vermuthung fassen kann, dialektisch und leer insgesammt.“

Der erste Punkt, daß aus der Begriffsbestimmung als der
Erkenntniß des Wesens die Eigenschaften fließen, bedarf nach
Obigem keiner weitern Erläuterung. Wir dürfen auch hier bei=
spielsweise an jene Abhandlung über das Epigramm erinnern,
in welcher Lessing aus der neu entworfenen Erklärung die Eigen=
schaften herleitet (S. 441. ff.). Im Euklides (Elemente I. 34.)
werden aus der Begriffsbestimmung des Parallelogramms als
einer durch Parallelen eingeschlossenen vierseitigen Figur die
Eigenschaften abgeleitet, daß in jedem Parallelogramm die Gegen=

seiten und Gegenwinkel einander gleich sind und daß es von der Diagonale halbirt wird. Der Beweis setzt dabei nichts voraus, als was im Begriff des Parallelogramms unmittelbar liegt, die parallelen Seiten. Aus dem Wesen des Verbums folgen auf ähnliche Weise seine Eigenschaften (Personen, Zeiten, Modi). Der zweite Punkt betrifft den Rückschluß von den Eigenschaften auf das Wesen. Da die meisten Eigenschaften der Dinge allgemeiner Art sind und nicht dem Einzelnen als solchem gehören, so sind vielmehr die artbildenden und eigenthümlichen Eigenschaften aufzusuchen, um aus diesen auf das Wesen zurückzuschließen. Indem die Beobachtung diese herauszuscheiden sucht, nähert sie sich der Erkenntniß des Wesens selbst. Z. B. wie äußert sich die menschliche Seele im Unterschied vom Thierleben? In der Darstellung der Eigenschaften — überhaupt der συμβεβηκότα — bewegt sich die Beschreibung (die Charaktere der Alten), um die Definition vorzubereiten. Die beschreibenden Naturwissenschaften stehen auf dieser Stufe; und wenn ein scharfsichtiger Forscher aus einem fossilen Knochen die ganze Thierart bestimmt, so schließt er aus einem συμβεβηκός auf das Wesen.

§. 65. 66.

Da es nun nicht von allem eine solche abgeleitete Begriffsbestimmung geben kann, so hat die Hypothesis darin ihr Wesen, die ursprüngliche zu setzen.

„Von einigem giebt es einen fremden Grund, von anderm nicht. Offenbar also sind auch von den Erklärungen (was etwas ist) einige unmittelbar und Ursprung. Diese Begriffe muß man voraussetzen und zwar sowol daß sie sind als auch was sie sind oder man muß es auf eine andere Weise anschaulich machen. So thut es der Arithmetiker. Denn er setzt die Einheit voraus und zwar sowol was sie ist als auch daß sie ist. Diejenigen Begriffe aber, die eine Vermittelung und eine fremde Ursache des Wesens haben, kann man durch einen Beweis, wie wir sagten, deutlich machen."

„Man kann einen Begriff auf doppelte Weise setzen, ent=

weder indem man ein Glied des Urtheils z. B., daß etwas ist oder nicht ist, annimmt, oder ohne eine solche Annahme. Jenes ist eine Voraussetzung (Hypothesis), dieses Begriffsbestimmung. Denn die Begriffsbestimmung ist zwar ein Setzen, wie der Arithmetiker setzt, daß die Einheit das dem Quantum nach Untheilbare sei, aber sie ist keine Annahme (Hypothesis). Denn es ist nicht dasselbe, was eine Einheit sei und daß eine Einheit ist."

Aristoteles bezeichnet den Unterschied von abgeleiteten und ursprünglichen Begriffen, der sich in der Wissenschaft mit der Forderung eines sich selbst abschließenden Ganzen bilden muß. Jene werden erzeugt und bewiesen, diese, schlechthin oder beziehungsweise ursprünglich, werden ergriffen und aufgenommen. Man verweist dabei am besten auf Euklides geometrisches System. Die Axiome sind ὑποθέσεις im logischen Sinne des Aristoteles, da sie als aus sich klar und in sich selbst begründet angenommen werden (καὶ εἶναι καὶ τί ἐστιν), z. B. Axiom 8. und 9. Dinge, die einander decken, sind einander gleich; das Ganze ist größer als der Theil. Andere Begriffe werden definirt und demnächst postulirt, z. B. gerade Linie, Kreis. Vgl. B. 1. Def. 4. und Postulat 1., Def. 15. und Postulat 3. Diese verhalten sich ähnlich wie das Beispiel des Eins (§. 65.); sie sind unmittelbar und Ursprünge (ἄμεσα καὶ ἀρχαί). Dagegen werden andere Begriffe definirt und aus jenen ursprünglichen construirt und demonstrirt (τῶν μὲν ἕτερόν τι αἴτιον), z. B. das gleichseitige Dreieck (B. 1. Def. 24. und Satz 1.), das Quadrat (B. 1. Def. 30. und Satz 46.).

Was in der Geometrie so ursprünglich geschieht, wie kaum in einer andern Wissenschaft, wiederholt sich dennoch, wenn auch nur vergleichungsweise, auf dem Gebiete der andern Wissenschaften. Um in der Grammatik das Verhältniß von Subject und Prädicat zu verstehen, nimmt man die Begriffe Sciendes und Thätigkeit und ihre Beziehung als ursprünglich auf; für die Präpositionen setzt man die räumlichen Richtungen voraus u. s. w. Die Lautlehre bedarf zur Basis einer Gliederung der Buchstaben. Sie nimmt die Buchstaben auf, indem sie jeden anweist, sie in der Erfahrung selbst zu erzeugen (ἃ καὶ εἶναι καὶ τί ἐστιν ὑποθέσθαι δεῖ ἤ ἄλλον τρόπον φανερὰ ποιῆσαι). Auf ähnliche Weise setzt z. B. in der Physik die Lehre vom Schall die Elasticität der Materie und die Schwingungen voraus, die in ihr Verdünnungen und Verdichtungen bewirken.

§. 67. 68.

„Jede beweisende Wissenschaft hat es mit dreierlei zu thun. Von zweien setzt sie, daß sie sind. Diese sind das Geschlecht, dessen Eigenschaften an sich sie betrachtet, und diejenigen gemeinschaftlichen Voraussetzungen, aus denen sie als den ersten beweist. Das dritte sind die Eigenschaften, von denen sie annimmt, was jede bedeute" (deren Namen sie erklärt).

„Offenbar ist es nicht möglich, die eigenthümlichen Ursprünge (Principien) jeder Wissenschaft erst zu beweisen; denn man würde dazu der Principien des gesammten Seins bedürfen. Die Wissenschaft derselben beherrscht alle. Denn der weiß in einem vorzüglichern Sinne, der aus den höhern Gründen erkannt hat; und weiß aus dem (schlechthin) Frühern und Ersten, wenn er aus Gründen erkannt hat, die nicht mehr Folgen sind. Wenn er also im vorzüglichern und vorzüglichsten Sinne weiß, so ist auch jene Wissenschaft im vorzüglichern und vorzüglichsten Sinne Wissenschaft."

Jede beweisende Wissenschaft, sagt Aristoteles, setzt dreierlei voraus und er bezeichnet dadurch den Gegensatz gegen die ἱστορία (vgl. zu §. 15. 16.) und gegen die Wissenschaft der sammelnden Induction. Aristoteles hat dabei zunächst, wie es scheint, die mathematischen Disciplinen vor Augen. Sie setzen erstens das Geschlecht, dessen Eigenschaften sie betrachten, voraus; die Arithmetik setzt die Erzeugung von Zahlen voraus, die Geometrie die Construction von Figuren, die Optik das Licht, die Harmonik die Töne, die Astronomie die Gestirne mit ihren Bewegungen. Sie nehmen diese allgemeinen Kreise des Seienden („Geschlechter") auf, ohne sie weiter zu begründen; sie haben darin ihren festen Anfangspunkt, oder, um mit Plato

zu reden (Staat p. **511.**), ihren Einschritt und Anlauf (ἐπι-
βάσεις καὶ ὁρμάς). Die mathematischen Wissenschaften setzen
zweitens gemeinsame Sätze voraus, aus welchen der Beweis
geführt wird. Wir würden diese zu eng umschreiben, wenn
wir sie bloß als die allgemeinen logischen Principien z. B. den
Satz des Widerspruchs, das Gesetz des Schlusses nehmen würden, obwol diese κοινὰ ἀξιώματα im weitesten Sinne heißen
können. Die angewandte Mathematik führt ihre Beweise aus
den Sätzen der reinen (metaphys IV. 2.), und diese werden
hier beziehungsweise unter den gemeinsamen Voraussetzungen
mitzubegreifen sein. Wenn endlich von den Eigenschaften, deren
Beweise die Wissenschaft unternimmt, eine Namenerklärung vorausgesetzt wird, so wird damit nur ein gemeinsames Verständniß
dessen, was bewiesen werden soll, gefordert. Die bei Euklides
vorangeschickten Definitionen geben ein entsprechendes Beispiel.

Wenn diese Verhältnisse an den Wissenschaften, die sich
einer mathematischen Behandlung unterwerfen, zunächst hervortreten: so wiederholen sie sich doch auf ähnliche Weise in allen
übrigen Wissenschaften, sobald diese sich in ihren Principien
vollenden. Die Lautlehre der Grammatik geht in die Physiologie,
die Satzlehre in die Logik zurück und die Grammatik empfängt
von diesen Wissenschaften die Principien (τὰ κοινὰ ἀξιώματα),
aus denen sie die Erscheinungen der Sprache (τὸ γένος, οὗ
τῶν καθ᾽ αὑτὰ παθημάτων ἐστὶ θεωρητική) begreift.

Die Voraussetzungen der Wissenschaften führen in einen
gemeinsamen Ursprung, in eine Wissenschaft, die über ihnen
liegt, in die Metaphysik, die das Unbedingte betrachtet (αἴτια
μὴ αἴτατά). Wenn jeder frühere Grund prägnanter ist, als
der aus ihm abgeleitete: so ist der letzte Grund, der nicht mehr
Folge eines andern ist, der volle, absolute. Erst in diesem
vollenden sich die einzelnen Wissenschaften.

Die aristotelische Logik belegt ihre eigene Lehre. Es ist im
Anfang hervorgehoben worden (vgl. zu §. 1.), was sie stillschweigend voraussetze, nämlich die theils metaphysische, theils
psychologische Untersuchung, wie überhaupt erkannt werden könne.

Von Neuem endet die Logik in die Metaphyſik, da ſie, von Grund zu Grund fortgetrieben, den letzten ſucht. Dieſer Uebergang von der Logik in die Metaphyſik ſtellt ſich auch dadurch dar, daß Ariſtoteles mit einer ähnlichen Entwickelung des Erkennens, als diejenige iſt, mit welcher er die Logik ſchließt (analyt. post. II. 19. §. 69.), die Metaphyſik eröffnet (mataph. I. 1. 2.).

Es wird für die Elemente angemeſſen ſein, bei dieſem Fortſchritt zur Metaphyſik nicht zu verweilen. Sonſt würde die ſchöne Stelle in Plato's Staat (Buch VI. p. 510. f.), richtig benußt, einige weſentliche Momente zur Erläuterung bieten.

§. 69.

Zum Schluß faßt die folgende Stelle den ganzen Vorgang des Erkennens zuſammen und giebt zugleich zu einigen pſycho= logiſchen Erörterungen Gelegenheit; ſie kann jedoch, wenn ſie nach ihrem Inhalt und der Kürze ihrer Form zu ſchwer er= ſcheinen ſollte, füglich überſchlagen werden. Aber man ſchließe nicht, ohne das größte Gewicht darauf zu legen, daß der in den Umriſſen dargeſtellte logiſche Vorgang in ſeinem ganzen Zuſam= menhang genau überblickt werde. ὁ γὰρ ξυνοπτικὸς διαλεκτικός. Die philoſophiſche Kraft liegt immer im Ganzen.

„Daß es nicht möglich iſt, durch Beweis zu wiſſen, wenn man nicht die erſten und unmittelbaren Urſprünge kennt, iſt früher geſagt worden. Ueber die Erkenntniß des Unmittelbaren könnte man jedoch noch im Zweifel ſein."

„Alle Thiere haben ein angeborenes unterſcheidendes Ver= mögen, welches man Sinn nennt. Indem ſie Sinn beſißen, ſo bleibt in einigen das ſinnlich Wahrgenommene, in andern nicht. Alle diejenigen, in welchen es nicht bleibt, haben über= haupt oder doch in den Dingen, deren Bild nicht bleibt, keine Erkenntniß außer dem Wahrnehmen. Aber diejenigen, in welchen es bleibt, können es, auch wenn ſie nicht wahrnehmen, noch in der Seele beſißen. Unter den vielen Geſchöpfen, die ſo begabt ſind, entſteht nun ein Unterſchied, ſo daß einigen aus einem ſolchen Bleiben Begriff hervorgeht, andern nicht. Aus ſinnlicher

Wahrnehmung entsteht Gedächtniß, wie wir das Bleiben be=
zeichnen; aus Gedächtniß, wenn es oft auf ein und dasselbige
geht, Erfahrung; denn Erinnerungen der Zahl nach viele (dem
Gegenstande nach Eine) bilden Eine Erfahrung. Aus Erfahrung
oder aus jedem Allgemeinen, das in der Seele ruhend wird
als das Eine außer dem Vielen, welches sich in diesem ins=
gesammt als dasselbige Eine findet, stammt der Ursprung der
Kunst und Wissenschaft, der Kunst, wenn es darauf ankommt,
daß etwas werde, der Wissenschaft, wenn es sich auf das Seiende
bezieht. Es liegen also diese nicht als abgegrenzte Fertigkeiten
in der Seele, noch entstehen sie aus andern mehr erkennenden
Vermögen, sondern sie gehen vom Sinne aus, auf ähnliche
Weise, wie wenn in der Schlacht alles flieht, aber einer stehen
bleibt, und nun sich ein anderer und wieder ein anderer an=
schließt, bis sich der Befehl wiederherstellt. Die Seele ist nun
so beschaffen, daß dieses in ihr vorgehen kann. Denn wenn
Ein Einzelnes, das sich von den andern nicht unterscheidet,
stehen bleibt, so wird es in der Seele Anfang des Allgemeinen;
denn man nimmt zwar nur das Einzelne wahr, aber die Sinnes=
wahrnehmung hat eine allgemeine Bestimmung und geht z. B.
auf den Menschen überhaupt, aber nicht blos auf einen Men=
schen Kallias. Wiederum wird hierin etwas in der Seele fest,
bis das Theillose und Allgemeine dasteht, z. B. ein solches Thier
bis ein Thier überhaupt und darin wieder so. Offenbar ist uns also
das Erste durch Induction zu erkennen nothwendig; denn Wahr=
nehmung bildet auf diese Weise der Seele das Allgemeine ein."

„Da von den verständigen Vermögen, durch welche wir
Wahres erkennen, einige immer wahr sind, andere Falsches zu=
lassen, wie Meinung und Ueberlegung, da ferner Wissenschaft
und Vernunft immer wahr sind und nur Vernunft und nichts
anderes tiefer geht als Wissenschaft, und da die Principien er=
kennbarer sind als die Beweise, jede Wissenschaft aber mit einem
Grunde verknüpft ist: so kann es keine Wissenschaft der Prin=
cipien geben. Da jedoch nur die Vernunft wahrer als Wissen=
schaft sein kann, so wird die Vernunft Vernunft der Principien

sein. Dies erhellt, wenn man das Gesagte und ferner betrachtet, daß des Beweises Princip nicht ein Beweis ist, also auch nicht der Wissenschaft Wissenschaft. Wenn wir nun außer der Wissenschaft nichts Wahres weiter haben als die Vernunft, so wird die Vernunft Princip der Wissenschaft sein."

Zur Erläuterung dieser ganzen Stelle würden am besten Aristoteles tiefsinnige Bücher über die Seele dienen, die durch den schöpferischen Grundgedanken noch immer die bedeutendste Schrift auf dem Gebiete der Psychologie sind. Sie führen jedoch in die Erörterung metaphysischer Begriffe, die für die Anfänge des philosophischen Unterrichts zu vermeiden sind. Wir heben aus dem Obigen nur das Wesentlichste hervor.

Bei dem ersten Schritt, den die aristotelische Logik that, wurde gezeigt, daß sie die Möglichkeit eines Vorgangs voraussetze, durch welchen sich das Denken die Dinge aneigne (vgl. zu §. 1.). Die wesentlichen Stufen dieses Processes werden in der vorliegenden Stelle angedeutet. Indem Aristoteles den Unterschied der lebenden Wesen bezeichnet, sehen wir auch hier die Betrachtung, die seiner Physik und Psychologie eigen ist. Die niedere Stufe kann für sich bestehen, wie die Sinneswahrnehmung in den Thieren ohne das Denken, aber die höhere wird nur durch die niedere als ihre Bedingung möglich. Die höhere hat die niedere in sich aufgenommen und fortgesetzt. Ohne die Basis der niedern kann sie sich nirgends erheben. So setzt das Denken die Sinneswahrnehmung und die Phantasie und das Gedächtniß voraus. Vgl. über die Seele II. 2. u. 3.

Die Sinne, noch selbst materiell, beginnen mit der Materie den idealen Vorgang, der die Dinge wiederum in den Gedanken, aus dem sie geworden sind, zu verwandeln bestimmt ist. Der Gedanke ist die schöpferische Form und die Sinneswahrnehmung bereitet ihn vor, da nach Aristoteles ihr Wesen darin besteht, die wahrnehmbare Form ohne die Materie aufzunehmen, wie das Gesicht die Farbe und die Gestalt auffaßt ohne den leuchtenden Körper, und das Gehör den Schall, der sich von der elastischen Substanz losgelöst hat und die Verhältnisse des Schalles. Vgl.

über die Seele **II. 12.** Die Eigenschaften, welche der Sinn an dem Körper unterscheidet, sind die Thätigkeiten desselben, welche sein Wesen offenbaren. Daher beginnt hier jene Aneignung.

Als die zweite Stufe wird angegeben, daß in einigen Wesen das sinnlich Wahrgenommene nicht flüchtig vorübergleite, sondern bleibe. Diese Stufe, auf welcher das Bild der Dinge in den freien und dauernden Besitz des Geistes kommt, bezeichnet Aristoteles in den Büchern über die Seele (**III. 3.**) als Phantasie, in welcher er die geistige Nachwirkung der Sinnesenergien erkennt. Dies Bleiben ist schon Gedächtniß; jedoch die Wiedererinnerung, die ein Suchen ist, hängt von dem Denken ab und findet sich daher nur in denen, in welchen die dritte Stufe, der λόγος, angelegt ist. Vgl. über das Gedächtniß K. 1. u. 2.

Durch das Gedächtniß wissen wir, daß dasselbe öfter geschieht. Diese Wiederholung bildet im Geiste ein blind Allgemeines, das Aristoteles durch ἐμπειρία bezeichnet. Unsere Erfahrung, schon vom gestaltenden Begriff durchzogen, hat eine höhere Bedeutung, als dies aristotelische Wort, das nichts als das unwillkürliche Ergebniß der dieselbe Thatsache wiederholenden Sinneswahrnehmung bezeichnet. Seine große Wirkung wird von Aristoteles dargethan. Denn es ist der Ursprung der Kunst und Wissenschaft.

Das Allgemeine, das in den Dingen ist, und dadurch ihren Wandel und ihre Flucht theilt, wird auf diese Weise in der Seele zur Ruhe gebracht. Im Geiste außer den Erscheinungen gesetzt (παρὰ τὰ πολλά) wohnt es doch in ihnen und regiert sie. Es heißt das Eine außer dem Vielen, aber da es aus der Fülle des Einzelnen entstanden, ist es nicht ein in sich leeres Eins, das sich nur auf sich selbst bezöge, sondern ist durch das Einzelne gebunden und hat darin seine Macht. An den Beispielen, die in der Stelle den Vorgang der Abstraction darstellen (Kallias, Mensch, lebendes Wesen), erhellt dies leicht.

Aristoteles wählt ein Bild, um die Weise zu bezeichnen, wie die allgemeine Vorstellung entsteht; es enthält besonders zwei wesentliche Punkte.

In der Flucht der Erscheinungen bleibt Eine im Geiste

stehen, und inwiefern sie sich von andern nicht unterscheidet (ἀδιάφορον), vertritt sie diese, die sich als gleichartig mit ihr verbinden. Dadurch wird das einzelne Bild im Geiste allgemein. Wie sich in der ersten Wahrnehmung die sinnlichen Erscheinungen verhielten, so verhalten sich nun diese Bilder. Unter sich ver= glichen, haben sie etwas Gemeinsames. Dadurch steigert sich das Allgemeine, indem auf dieselbe Weise ein höheres Geschlecht entsteht (vgl. §. 56.). Dieser Vorgang ist jedoch nicht willfürlich, sondern von einem Gesetz gebunden. Indem sich die Fliehenden um einen Tapfern sammeln, der Halt macht, wird endlich der Befehl wieder hergestellt. Die Sammlung des Einzelnen zum Allgemeinen bezweckt ebenso die Herstellung des das Einzelne beherrschenden Begriffs. Darauf geht die ganze Bildung hin.

Das Allgemeine zeigt sich als dies thätige Princip, indem es in der Kunst hervorbringend wird und in der Wissenschaft das Seiende wieder erzeugt.

Auf diesem Wege geht das Allgemeine von der Wahrneh= mung und überhaupt von der Induction aus, von dem πρότε-ρον πρὸς ἡμᾶς; und es läßt sich dieser Gang im Allgemeinen mit dem vergleichen, was Aristoteles in der Psychologie mit dem νοῦς παθητικός bezeichnet (vgl. über die Seele **III.** 5. und daselbst den Commentar.).

Aber die Quelle des Wahren liegt in dem πρότερον τῇ φύσει und die letzte Gewähr kann nur aus einer geistigen Kraft stammen, welche mit ihm eins ist. Als solche bestimmt Aristoteles den νοῦς und zwar den νοῦς ποιητικός (über die Seele **III.** 5.).

Aristoteles hat ihn in der vorliegenden Stelle lediglich da= durch gefunden, daß er die verwandten Richtungen ausgeschlossen, und hat ihn nur kurzweg als das Princip der Wissenschaft be= zeichnet. Wie er es sei und sein könne, hat er nicht erörtert. In der That führt diese Frage über das Wesen der Vernunft in jene schwierige metaphysische Untersuchung, ob und wie Denken und Sein die letzten Gründe theilen.

Druck von G. Striese & Comp. (J. Windolff) in Berlin.